畑野智美

運転、見合わせ中

実業之日本社

実業之日本社文庫

The train to suspend operations

Contents

大学生は、駅の前

久しぶりに一限目の授業に出ようと張り切ってみたら、電車が動いていなかった。駅に着いたら、人だかりができていて、駅員が何か叫んでいた。文句を言う人の声が重なり、何を叫んでいるか聞こえない。

改札の上にある電光掲示板にオレンジ色の文字が流れる。

『飛来物により運転を見合わせています』

……飛来物ってなんだよ？


アパートに帰ろうかと思ったが、それはできない。

昨日の夜中にけんかしたのに、セックスもした彼女の百合《ゆり》がまだ部屋で寝ている。テーブルの上に昨日はごめんと書いたメモを置き、そっと出てきた。顔を合わせれば、セックスをすることによってごまかした問題が再浮上する。朝から責められるのは勘弁してほしい。セックスをした後は機嫌良さそうにしていたくせに、朝になったらキレるというのが百合のいつものパターンだ。

周りにいる人達が話しているのを盗み聞きして、情報を集める。

電車は三十分くらい前から動いていないようだ。ホームだけではなくて、ホームにつづく階段まで人が溢《あふ》れてしまい、改札が閉鎖されている。

みんな代わりの移動手段の相談ばかりしていて、動いていない理由は分からなかった。移動手段を決めた人は、遅延証明書や振替乗車票をもらうために駅員に群がっていく。奪い取るように紙をもらい、捨て台詞《ぜりふ》を吐く人もいる。何を言っているかは聞こえないが、大変ですねと労《ねぎら》っている人が一人もいないのは確かだ。

始発から終点まで乗っても三十分程度の短い路線だ。事故やトラブルがあると、全線が止まってしまう。他の私鉄や地下鉄に乗り換えられる駅がいくつかあるので、利用者は多い。

もうすぐ八時半になるから高校生の通学や九時出勤のラッシュは終わっている。十時出勤のラッシュには少し早いだろう。

一番混むのは、二本くらい後の電車のはずだ。

アルバイトに行くためにその時間帯の電車に乗ったことがあるが、限界を越えても詰めこまれる。荷物に押され、片足だけしかつけなくなり、背中を反らせるだけ反らして乗っていたこともあった。身体《からだ》が浮いているような状態になっても立っていられて感動を覚えさえしたけれど、三日間は背中の痛みが取れなかった。それから早番に入るのはやめた。

ラッシュとラッシュの間だからって、人が少ないわけではない。

この辺りは都心で働く人が多く暮らす住宅街だ。駅前に商店街があり、その先には若い夫婦向けの建売住宅が並んでいる。大学生や二十代サラリーマン向けの単身者用アパートも多い。

オレがぼんやり立っている間にも、人だかりは膨れ上がっていく。

人だかりの一番後ろにいたつもりだったのに、いつの間にか真ん中まで押されていた。駅員の声が聞こえるところまで来たが、改札の中には入れませんと叫んでいるだけだ。

復旧の見込みが立たないからか、情報が錯綜《さくそう》しているからか、電光掲示板が消えた。三十分も動いていないならば、テレビでニュースにはならなくても、運転見合わせ中というテロップくらい出るだろう。SNSでも情報が流れているはずだ。

家を出る前に何かしらチェックしていたら、電車が動いていないことは駅に来なくても分かる。

それなのに、スマホを見ながら走ってくる人が多くいる。電車動いてないから、と電話に向かって怒鳴っている人もいる。分かっているくせに駅に来て、人と人の間を抜けて改札に入ろうとしていた。駅員に止められ、更に怒鳴る。

ラッシュの時間が近付き、人だかりはより大きく膨れる。

駅員は駅員室からホワイトボードを出してきて、『全線で運転を見合わせ中』と大きく書く。青いペンはインクがなくなりかけているみたいで、字が薄い。上から黒でなぞる。

怒っている人、焦っている人、ぼんやりしている人に、ホワイトボードの写真を撮る人が加わり、カオスとしか言いようがない状態になる。どこかで女の人が倒れたみたいで、悲鳴と通してくださいと叫ぶ声も聞こえてくる。

アパートに帰れないとしても、とりあえずここから脱出した方が良さそうだ。

遅延証明書を持っていったところで、出席にはしてもらえないと思うが、一応もらっておきたい。

しかし、駅員のところへ進もうとしたら、前にいたOL風の女に睨《にら》まれた。蔑《さげす》むとはこういうことだとよく分かる目つきで、オレを見ている。痴漢だと思われたのだろう。お前なんか触んねえよブス！　と言いたい気持ちを抑え、後ろに下がる。

そもそも一限目が出席を取る授業かどうかも知らないし、遅延証明書は諦めよう。

人だかりから抜け出し、駅前のファストフードでも行こうと思ったが、同じ考えの人ですでに満席だった。窓側のカウンター席には、電車が動くまでここで仕事します、僕は慌てたりしないんです、という気持ちをオーラにして出しているサラリーマンが並んでいた。タブレットや薄っぺらすぎて一発叩《たた》けば割れそうなパソコンを出して、優雅にコーヒーを飲んでいる。

「町田《まちだ》君」

ファストフードの前をウロウロしていたら、背中を叩かれた。

振り返ると、上原《うえはら》さんが立っていた。

「あっ、おはよう」

「おはよう」

目の前にいるのに、なぜか手を振り合ってしまう。

上原さんと話すのは、二度目で、二年と一ヵ月半ぶりだ。

大学一年の四月、オレと上原さんは桜並木で出会った。

とか言うと、素敵な少女マンガみたいだが、うちの大学は正門から校舎の間を抜けて、グラウンドまでつづく桜並木を売りにしているから、珍しいことではない。

入学式の日から数日間は、そこに部活やサークルの勧誘が出る。

サークルの先輩や友達とは自然と桜並木で出会うようになっている。今の彼女の百合ともそこで出会ったはずだが、憶《おぼ》えていない。向こうはオレを見て、最初からかっこいいと思っていたらしい。去年と今年は、そこでサークルの後輩達と出会った。桜の花が舞い散る中、ついこの間まで高校生だった奴《やつ》らが彼女や彼氏が欲しいという気持ちを剝《む》き出しにしていて、何も美しくない。

大学生になったら恋人ができるというのは、誰もが言うことだが幻想だ。幻想だと気がついた時、意外なほど簡単に恋人ができたりする。告白してどうこうなんて儀式や、徐々にお互いの心が近付くなんて戯れはないと気がつくことが重要だ。大切なのは、酔った勢いだ。

オレは高校生の時に彼女がいたから、もともと幻想なんて抱いていなかった。でも、高校生の時とは違う儀式や戯れがあるんだろうと、憧れていた。

地元は東京から遠く離れた山に囲まれた小さな町だ。彼女と二人で外を歩いた日の夜には家族にばれている、デートと言えば隣の駅のショッピングセンターか河原、ラブホテルに入る時は芸能人並みの警戒が必要、彼女の元カレは部活の先輩。東京の大学に入れば、そんな狭苦しい田舎《いなか》とは違うドラマのような恋愛が展開されると夢見ていた。

しかし、サークルの新入生歓迎コンパで苦手な日本酒を飲まされて酔っ払い、アパートまで送ってきてくれた先輩とやってしまって夢は崩れた。

入学式から三日目の出来事だ。

一人暮らしのアパートにそれなりにキレイな年上の女の人が来て誘われたら、まだ十代の男が断るなんて無理だ。

実家にいた時は女の子を家に呼ぶのはとても大変だった。母親はパートに出たり買い物に行ったりしていたが、常にばあちゃんがいた。ばあちゃんはオレが友達を連れてくると、お菓子やお茶を出さずにいられない。相手が女の子でも誰でも、ノックせずに部屋に入ってくる。町内会の旅行でばあちゃんがいなくなる時だけがチャンスだった。母親とばあちゃんが二人で温泉旅行に行くと聞いた日には、喜びのあまり部屋で叫んだ。父親は帰りが遅いから、どうにでもなる。じいちゃんは、オレが中学一年の冬に死んだ。

先輩はサークルに彼氏いるって話していたし、ワンナイトラブってやつだなと思っていたら、彼氏と別れるからと言われた。やることをやってしまった後で、付き合う気はありませんと言えるスキルがその頃のオレにはなかった。

飲み会をメインにしたフットサルサークルでは、田舎よりも狭い中で彼氏彼女の交代劇が繰り広げられる。

上原さんと出会ったのは、入学式の翌日、オレがまだ夢見ていられた頃だ。

サークル勧誘のチラシを見ながら歩いていたら、上原さんの長い髪にオレが着ていたジャケットの袖のボタンが引っかかった。すいませんとオレが言い、上原さんがごめんなさいと言って、オレがボタンから髪を外した。それだけだ。

それだけだけれど、その時の桜の花が舞い落ちている感じとか、新入生がたくさんいる中で偶然出会った感じとか、上原さんの恥ずかしそうな表情とかに、ドラマみたいな恋の始まる予感がした。

地元を出る前に彼女と別れた。高校二年の春から付き合っていたのだけれど、三年になって、オレが東京の大学を受けると決めてからけんかすることが多くなった。卒業式の後に話をして、別れようと決めた。二年間も一緒にいたし、母親とばあちゃんが温泉旅行へ行った時に人生初のセックスをした相手だ。別れ話をした後には、それでも好きだからと言い合って泣いた。

恋が始まる予感を覚え、別れたのはドラマのための序章だったんだと、頭を切り替えた。

これからドラマが始まるぞと張り切っていたのに、サークルの先輩とやってしまった。でも、ドラマにはそういうハプニングも必要と考え、上原さんと仲良くなろうと決めた。それとこれは別問題というわけだ。

上原さんとは、同じ学部で同じ学科の同じクラスだ。これに運命を感じないわけがない。

大学なんて、同じクラスだから何？　という話だが、必修の英語はクラス単位で受ける。選択授業でも同じ授業を受けることは多かった。それなのに、話せる機会がなかった。

フットサルサークルの軽さ全開グループにいるオレに対し、上原さんは出席を取らない授業でも真面目《まじめ》に出る女子ばかりのグループにいる。近寄ることさえできない。タイプの違う二人が密《ひそ》かに仲良くなるというドラマを頭の中で作りあげたが、夏休みが来るより前に諦めた。

先輩と別れ、アルバイト先のファミレスで一緒に働く同い年のフリーターと付き合い、その子とも別れ、合コンで知り合った子と二週間だけ付き合い、ということをやっているうちにドラマみたいな恋は無理だと知った。

今は同じサークルで、一年の頃から仲が良かった百合と付き合っている。半年が経《た》ち、落ち着いたと周りから見られているようだ。

「電車、動いてないの困っちゃうね」上原さんが言う。

「うん」

「しばらく動かないみたいだね」

「うん」

せっかく上原さんと話せているのに、頷《うなず》くしかできない。

いつも遠くから聞いていた、滑舌に若干の不安がある声が目の前から聞こえてくる。

小さな子供のようなかわいい声だが、ゼミで発表する時はキレがある声で話すらしい。ブスなくせにイケてると勘違いしている女達に、キャラを作っていると噂《うわさ》されていた。ゼミは三年から必修になるのだけれど、希望者は二年から参加できる。上原さんは近現代文学のゼミに二年の時から参加している。文学に少しは興味があるから文学部に入ったはずなのに、結局は遊んでいるかアルバイトばかりしている学生とは違う。

「ごめん、私のことなんて知らないよね？」不安そうに上原さんは、眉毛《まゆげ》を下げる。

「ううん。知ってる。だって、同じクラスじゃん」

同じクラスでも知らない女子は何人もいる。顔は知っていても名前が一致しない。上原さんがオレのことを知っているとも、思っていなかった。

「良かった」安心したのか、笑顔になった。

上原さんは小さい。オレの胸の辺りに顔がある。抱き上げてアパートに連れていきたい。もちろん、そんなことはできない。

「上原さん、家この辺りなの？」

「うん」

「あれ？　実家？」

「ううん。一人暮らし」

「そうなんだ」

そう話しながら、本当は全《すべ》て知っていた。

一人暮らしの場合は、大学の近くか大学の最寄駅沿線に住んでいる学生がほとんどだ。乗り換えないといけないので、この沿線に住む学生は少ない。オレは父親の昔からの知り合いが管理しているアパートに住んでいる。格安で貸してくれるということで、そこに住むのが上京するための条件だった。

駅で上原さんを見かけたのは、恋がはじまる予感を覚えてから一週間が経った頃だ。

その後も駅やスーパーで何度か見かけ、夜中のコンビニですれ違ったことだってある。上原さんは雑誌を持ち、お菓子を選んでいた。声をかけようと思っても、どうしても無理だった。心臓が喉《のど》の奥まで出てきているんじゃないかと思えるくらい、強く鳴った。

親戚が近所に住んでいるから、この町で一人暮らしをしているという話は、噂で聞いた。実家は東北の方らしい。

「町田君、駅の向こう側のアパートでしょ」

「そう、なんで知ってんの？」

「だって、みんなに言われたもん。町田君と近所なんて羨《うらや》ましいって。町田君、人気あるから」上原さんは、恥ずかしそうにしてオレの肩をバシバシ叩く。

肩を叩くのをかわいいボディタッチだと思っている女がいるようだが、はっきり言って痛いからやめてほしい。歓迎できるのはそんなことをしなくてもかわいい女子がやる時だけだ。つまり、上原さんはいくらやっても許される。

「オレ、上原さんの周りの女子に嫌われてるって思ってた」

勉強しに大学に来ている女子にとって、オレ達みたいな遊んでいるだけでたまに授業に出て寝ているか喋《しゃべ》っているような奴らは、邪魔なだけだろう。

「そんなことないよ。町田君の周りの男の子はちょっと怖いけど、町田君は優しそうだから」

「そうかな？」

「うん」笑顔で頷く。

やっぱり、このままアパートに連れていきたい。

セックスしたいということではなくて、しばらく眺めたい。陽当《ひあ》たりがいいところに座らせて、その姿を見ていたい。一時間に一回笑ってくれれば、それで充分だ。セックスできるならしたいけれど、上原さん相手にはそんなことを考えたらいけない気がする。真面目そうな冴《さ》えない男友達はいるようだが、彼氏らしき男といたところなんて見たことないし、男と付き合ったことさえないと信じている。

話し方や、どこに住んでいるという噂をされるには理由がある。もっと大きな噂があり、付属情報として回ってきた。大きな噂もオレは知っているけれど、そんなことは信じない。

「電車、どうして動いてないんだろう？」上原さんは背伸びしてのぞきこむように、駅の方を見る。

「飛来物らしいよ」

「ひらいぶつ?」首を傾《かし》げる。

「飛んで来るの飛来物」

「何が飛んで来たんだろうね。鳥とか?」

「鳥じゃないんじゃないかな?　もっと大きなものがぶつからないと止まらないと思うよ。三十分くらい動いてないみたいだし」

鳩《はと》が電車に轢《ひ》かれたところを見たことがある。

ばあちゃんと買い物に行った帰りだった。じいちゃんが死んだ後で、ばあちゃんが元気なくしているから一緒に行ってあげて、と母親に頼まれた。線路にいた鳩を特急列車が轢いて、そのまま止まらずに走っていった。鳩は逃げる素振りさえ見せなかったので、轢かれる前から死んでいたのかもしれない。大量の羽が一気に舞い上がった。ばあちゃんは何も言わず、買ってきたものを一つの紙袋にまとめようとしていた。

「どっかの国からミサイルが飛んで来たとか」得意そうな顔で上原さんは言う。

「それは、もっと大きな騒ぎになるんじゃない?」

「パラシュートで人が降りてきたとか?」

「それって人身事故になるんじゃないかな?」

「じゃあ、大きな鳥。カラスより大きな鳥」空を見上げて、何かを指差す。

オレも空を見上げる。カラスも鳩もスズメも飛んでいなくて、雲一つない青空が広がっている。

「何を指差してるの？」

「分かんない。何かないかなと思って」オレの方を見る。「でも、飛来物ってちょっとワクワクするね。ワクワクしちゃいけないんだろうけど」

「分かるよ。オレもちょっとワクワクする」

電車が動いていなくて、たくさんの人が困っている。対応に追われる駅員は疲労を露《あら》わにしている。

それでも、普段と違うことはワクワクする。

これが人身事故だったら、そんなことは言えないけれど、飛来物を想像するのは楽しい。駅前の人だかりがカオスとなっているのも、高揚感があるからだろう。

「町田君、一限あるの？」

「うん。上原さんは？」

三年になったら普通は一限目の授業なんて取らない。二年までに取れるだけの単位を取り、三年はなるべく学校に行かないでいいようにする。行くとしても、二限目からだ。オレは去年単位を落としまくった。一年並みの努力をしないと、就職活動ができなくなる。どうにかやりくりしたけれど、火曜日の一限目だけは外せなかった。

それなのに、四月から一度も授業に出ていない。まだ出なくても大丈夫と思っているが、このままではあっという間に夏休みだ。今日は一度出てみて、出席を取るのか、試験はレポートなのかを確認するつもりだった。去年は出席を取っていなかったという話だが、いきなり変える先生もいるから噂を信用してはいけない。

大学で回る噂の伝言ゲームは田舎より雑だ。ネタを挟みこむ奴もいて、都市伝説レベルの信憑性《しんぴょうせい》しかない話になっていく。

「出なくてもいいいんだけどね」上原さんが言う。「興味ある授業だから受けてるんだ。でも、今日は間に合いそうにないね」

「そうだね」

話している間にも時間は過ぎていく。

ラッシュの時間になり、駅前の人だかりは更に膨れ上がっている。電車が動いたとしてもすぐには乗れなそうだ。限界越えの電車に上原さんを守りながら乗るという状況には憧れるが、それを楽しめるレベルの混雑ではないだろう。

「せめて二限には出たいな」

「オレも」二限目は出席を取る授業だ。せっかく起きられたんだから、出たい。

「一駅歩こうかな」

隣の駅まで行けば、三駅先の乗り換え駅まで行くバスが走っている。

「オレも歩こうかな。一緒に行っていい？」

「うん、いいよ」

バスに乗るならば振替乗車票をもらってこようと思ったが、人だかりの中に戻る気になれなかった。上原さんもいらないと言うから、もらわずに駅から離れる。

線路沿いの道を歩いていく。

歩いている人がもっと多いかと思ったが、そうでもなかった。いつもより少し人通りがあると感じる程度だ。駅前からタクシーやバスに乗る人の方が多いのだろう。

ゴールデンウィークは夏のように感じる日もあった。今日はまだ朝だからか晴れていても暑いというほどではない。風が柔らかく吹いて、ちょうどいい気候だ。太陽の光を浴びて、新緑の葉も公園の噴水も輝いている。

隣には上原さんがいて、世界が魔法にかかったように、キラキラしたものに変わっていく。

隣の駅は、より一層のカオス状態だった。

急行が止まるので、オレと上原さんが住む駅より利用者が多い。駅前のバスターミナルまで人が溢れている。タクシー乗り場じゃないところでタクシーを止めようとした人がいて、けんかになっている。乗り換え駅まで行くバスには長い列ができていた。

二十分近くかけて歩いてきたから電車が動き始めているかもしれないと思ったが、まだ止まったままのようだ。

「ありゃ、失敗したね」バス乗り場の列を見て、上原さんが言う。

「そうだね」

「先に調べれば良かった」肩にかけたカバンを開けて、スマホを出す。

話題になっている最新モデルだった。上原さんは液晶に指をすべらせ、何か調べている。人さし指で液晶に触る仕草って、なんとなくエロい。

歩いている途中で、ＳＮＳで状況を調べた方がいいかなと考えていた。でも、携帯電話を出せなかった。

オレはまだスマホではなくて、ガラケーを使っている。中学生の時から使っていて、塗装が剝《は》げてボロボロになっている。ネットはタブレットで見るから電話はガラケーでいいとかではなくて、つまらない意地のせいで機種変更ができない。みんながスマホに替え始めた時に、新しいものにすぐ喰《く》いつくとバカにしまくってしまい、替えづらくなった。

ボロボロのガラケーを見られるのも恥ずかしいし、そういうオレを上原さんに知られたくない。

「どうしようか？　どこかで待つ？　ここまで来たら帰るのも悔しいよね」スマホから顔を上げて、上原さんはオレを見る。

「でも、入れる店もなさそうだよな」

駅前にあるファストフードもコーヒーショップも満席だった。

「そうだよね」

「学校まで歩く？」

「えっ？」

「歩けない距離でもないでしょ？」

「どうかなあ？」

上原さんはスマホで調べ始める。

なんでもかんでもスマホで調べる奴が嫌いだ。スマホで調べたことを自分の知識かのように言う奴を見ると、腹が立つ。使いこなしていることこそが智恵《ちえ》だとでも言いたそうにしている奴は、殴り飛ばしたくなる。でも、上原さんならいい。上原さんならば、何をしてもいい。

オレのガラケーにもナビ機能は付いているが、使い方が分からない。乗り換え駅まで行かなくても、途中の広い通り沿いを行けば大学に着くはずだ。けれど、通りまで出る細かい道順は分からないから、ここはハイテク技術に任せた方がいいだろう。

パッと調べて頼れる男と思われたいが、ガラケーさえ使いこなせなくてオロオロするくらいならば、何もしない方がいい。

「どう？」

「一時間くらいで行けるみたい。歩いちゃおうか？」

「靴、大丈夫？」

オレはスニーカーだし、小学校も中学校も四十分歩いて通っていた。東京に出てきた時は、隣の駅が近すぎて驚いた。大学に最初は自転車で通うつもりだった。飲み会やバイトで遅くなる時に面倒くさくてやめた。一時間くらい歩くのは平気だけれど、上原さんはヒールの高い靴を履いている。

「大丈夫だよ。歩いちゃおう」

「じゃあ、歩いちゃおう。足痛くなったら言って」

こんなこと、今まで付き合った彼女には言ったことがない。

ディズニーランドに行くのに百合がヒールの高い靴を履いてきた時は、足が痛いと言っているのを無視した。気遣う気持ちよりも、そんな靴を履いてくるのが悪いという気持ちが勝った。そのことで怒られたのが付き合って最初のけんかだった。

「ありがとう」上原さんにそう言われて、驚いた。

優しくできないオレも悪いが、優しくしたところで、百合には感謝の心がない。彼女なんだから優しくされて当然と思っている。でも、オレも百合にありがとうなんて言ったことはなかった。

「どっち行けばいい？」

「えっとね、ちょっと待って」

二人ともお散歩気分というか、一駅歩くのも通常より遅いペースだった。

話してみたいと思っても、実際に話せるとなると何を話していいか困ると思っていた。しかし、上原さんが飛来物に関する考察を繰り広げたり、お互いが知らなそうな大学の情報を教え合ったりして、話が途切れることはなかった。話が盛り上がると立ち止まってしまった。

一時間くらいの距離でも、もっと時間がかかるだろう。二限目には間に合うと思うけれど、間に合わなくてもいい。上原さんともっと一緒にいたいし、ここまで来たら大学に着くことが目標だ。達成感を分かち合いたい。交通手段がないという危機的状況を乗り越えられたら、二人の間に特別な感情が生まれるに違いない。

「こっちから行く方が近いみたい」

上原さんが指差す方向に進む。線路沿いの道を離れ、住宅街の中を通っていく。駅まで行ってもどうしようもないのに、速足で駅へ向かう人達とすれ違う。

オレと上原さんは、植木鉢の横で丸くなっている猫と戯れたり、満開のつつじを眺めたりしながら、歩いていく。二年以上住んでいる町の隣の駅なのに、降りたことがなかった。特に変わったものなんてない住宅街だけれど、新鮮に感じた。

「電車、あそこで止まってる」路地の先に線路が見えた。

「本当だ」上原さんも線路の方を見る。

駅と駅の間で電車が止まっている。飛来物が原因で止まっている電車ではなさそうだ。電車の前方や後方までは見えないが、何か起きたような騒がしさがない。駅から出た後に前の電車が止まり、前にも後ろにも行けなくなってしまったのだろう。中を見ると、立っている人も多くいた。電車が止まってから、一時間以上経っているはずだ。

あの状態で一時間いるより、大学まで一時間歩く方がいい。

外を歩いている分には風もあって心地いいが、電車の中は蒸し暑そうだ。イライラするし、お腹《なか》がすいていたり、トイレに行きたい人もいるだろう。スマホの充電が切れて、騒ぎ出す人とかもいそうだ。

みんな、がんばれ。と、届くはずがないエールを送ってみておく。

正門に着いたのは、ちょうど一限目が終わる時間だった。到着と同時にチャイムが鳴った。

「良かった。間に合ったね」上原さんが言う。

「うん」

「じゃあね、私、三号館だから」手を振りながら、走っていく。

オレも三号館だから一緒に行こうとか、メールアドレス教えてとか、昼休みに学食でまた会おうとか、言いたいことがたくさんあったのに、言う隙《すき》もなく去られてしまった。

上原さんはずっと笑顔で話してくれていたが、途中から喋《しゃべ》らなくなって速足になった。足痛いの？　と聞いても、首を横に振るだけだった。トイレに行きたいのかもしれないと思い、コンビニに寄る？　と聞いても、首を横に振った。それよりも、時間を気にしているようだった。広い通りに出た後はまっすぐ行けばいいだけだから地図を見なくていいのに、スマホを何度も見ていた。

「おはよう。マッチー」自転車に乗って生田《いくた》が来る。

「おはよう」

「なんで上原といたの？」オレの横に並んで、自転車を降りる。

「いないよ」

「いや、見てたから」

「何を？」

「黙々と歩く二人を」

「どこで？」

「通りの反対側から」

「趣味悪っ」

三号館に行くのをやめて、自転車置場へ行く。

「何？　浮気？　百合に言う？」

「偶然会ったんだよ」

「ふうん」信じていませんと言いたそうな半笑いを浮かべる。

生田も同じ学部で同じ学科の同じクラスだ。入学式の日に知り合い、同じサークルに入り、ほぼ毎日一緒にいる。

身長も体重も同じくらいで服の趣味も合うから、似ているとよく言われる。性格やノリも似ていると言われるが、こいつとは一緒にしてほしくない。生田は地元に高校生の時から付き合っている彼女がいるのに、東京にも彼女がいる。その上、浮気もする。オレは付き合う期間が短いから軽く見られているらしいが、浮気だけはしない。ちょっと重なる時期はあっても、浮気ではない。合コンで知り合った女の子と一回やっちゃったとかもあるけれど、一回だけだから浮気としてカウントされない。

そもそも、オレが軽く見られるのはこいつのせいな気がする。オレは高校生の時は、一人の女の子と二年間付き合うくらい真面目だったんだ。他の女の子に言い寄られたこともあったのに、はっきり断っていた。変わってしまったのは、生田のせいだ。

入学式の日にもっと真面目な奴と友達になっていたら、図書館で文学を語り合うような学生生活を送っていたかもしれない。そんな学生生活送りたくないけれど、そうしていたら上原さんともっと早く仲良くなって、ドラマみたいな恋ができたはずだ。

「でもさ、上原はまずいんじゃない？　上原は」生田が言う。

自転車を止めて、三号館には行かずに学食へ向かう。

単位が危ういのもこいつのせいだ。学校まで来ても、こうして喋りながら、教室とは違う方へ行ってしまう。生田も単位が足りていないはずだが、卒業後は地元にいる彼女と結婚して、実家のかまぼこ工場を継ぐと決まっている。大学には遊ぶために来ている。就職活動をしないから単位は四年になってからでも取れる。

「だから、そういうんじゃないよ」

「でも、マッチー、一年の時に上原がいいって言ってたじゃん。先輩と付き合っていても、本命は上原だって」

「クラスの中で誰がいいいって話だろ」

上原さんがいい、と一年の時に生田にだけ話した。

その頃は生田のことを東京でできた親友と思っていた。親友の協力もあり、上原さんと付き合うというシナリオがオレの頭の中にできていた。生田は何も協力してくれなくて、「俺はタイプじゃない」と言っただけだ。

「違うよ。話したこともないのに本命って、ヤバい奴なのかよって思ったから」

「憶えてねえよ。一年の時のことなんか」

「俺は憶えてるよ。だから、噂のことも言わなかったんだし。とにかく、上原はまずいって」

「噂は噂だろ」

「いや、信じられる噂だと思うよ。上原やりそうだもん。ああ見えて、やりまくってそうだもん」

「お前の女が一番やりまくってんだろ」

「俺の女って、誰のことですか？」

生田の女というのは、結局は地元の彼女になるのだろう。ゴールデンウィークには彼女が東京に遊びにきていたし、長い休みには必ず実家に帰っている。

「もういいよ」

学食に着き、自動販売機で紙コップに入ったコーヒーを買う。生田は、砂糖の味しかしないレモンティーを買った。窓側のあいている席に座る。

昼ごはんを食べている学生はまだ少ないが、三分の一くらい席が埋まっていた。一限目や二限目に出ようとして学校まで来たのにサボっている奴ばかりだ。まだ一年はちゃんと授業に出ているから、二年が多い。

去年まではここで喋っていることが楽しかった。三年になってからは寂しさや焦りを感じるようになった。入学式のことを思い出そうとすると遠く感じるのに、大学に入ってからの二年間は一瞬と感じられる速さで過ぎてしまった。卒業するまでの二年間も同じように一瞬で過ぎてしまうのだろう。

「上原さ、まだ付き合ってるらしいよ」窓の外を見ながら、生田はレモンティーを飲む。

桜並木で新緑の葉が風に揺れている。上原さんと二人で見た世界はキラキラ輝いていたのに、生田と二人で見るとそのキラキラが不穏なもののように感じられる。

「らしいって、誰が言ってんの？」

「みんな」

「あれだろ、大野《おおの》ファン達だろ？」

「まあ、発信源はそこだろうな」

上原さんに関する噂が立ち始めたのは去年の夏休み前だった。

生田がオレに言わないようにしていても、違うところから耳に入ってきた。前期試験中で、学食に集まってノートや過去問のコピーを回し合っていた時に、「そういえば知ってる？」と、そこにいた女子が話し始めた。

近現代文学の大野教授と上原さんができている。簡単に言えば、そういう話だ。

大野は小説家として活躍しつつ、大学で教授をやっている。うちの両親より年上のはずだが、そうは見えない。ニュースやワイドショーにコメンテーターとして出ることもあり、見た目をかなり気にしているのだろう。爪楊枝《つまようじ》を刺したら弾《はじ》けそうと思えるくらい肌に張りがある。整形でもしているのかもしれない。

小説はしょうもないとしか思えないのに、ファンが多い。特に女性ファンが多くて、大野目当てでうちの大学に入った女子もいるくらいだ。

そういう女子に大野が手を出すというのは、有名な話だ。

エッセイストの妻と俳優としてテレビに出ている息子がいるのに、学生に手を出す。大野ファン達はそれを分かっていて、手を出されるために張り切って授業を受ける。大野の好みとして、誰からもかわいいと言われるような女子が選ばれる。でも、かわいいだけでは選ばれない。話についていけるインテリジェンスが必要になる。

二年のうちからゼミに参加して、ハキハキと話す上原さんが選ばれた。と、噂されるのは当然かもしれない。

ただ、噂の発信源が自分こそ選ばれるべきだと思いこんでいるブスなくせにイケてると勘違いしている大野ファン達で、信憑性がない。創作としか思えない安っぽい噂が回ってくる。

誰も見ていないと思って廊下でキスしていたとか、大野の研究室でやっていたのを一年が見たとか、二人ともセックスに夢中で見られていることに気がつかなかったとか、大野は気がついていたけれどそのままやりつづけたとか、上原さんの声が隣の研究室まで聞こえてくるとか、研修と称して二人で温泉旅行に行ったとか、上原さんのアパートから大野が出てきたとか、展開がベタすぎる。

しかし、上原さんが出なくてもいいけど興味があると言っていた一限目は大野の授業だろう。そして、今受けている二限目も大野の授業だろう。

ある種のプレイなのか、大野は愛人になった学生に自分の授業を全て受けさせる。これも、大学内で有名な話だ。そんなことをしたら、他の学生に愛人だとばれてしまう。授業を受けなくなったら、別れた証拠だ。卒業と同時に自然と別れの日が来る。

上原さんの噂が立つ前、大野は他の学生と付き合っていた。その時の四年だ。四年でそんなに授業に出ていたら、確定と言い切っていい。

二年の時は、上原さんでほぼ確定と言われていたが、違うんじゃない？　と言う人もいるあやふやな噂だった。三年になって確定したと言われている。彼女は二年までで大野の授業の単位を取っている。ゼミ以外は出席する必要がない。

でも、オレは信じない。

昨日までは噂話に参加して、かわいい顔してあんなおっさんとやってんだと思ってしまっていたが、上原さんと話したら信じないという気持ちが強くなった。

上原さんは誰とも付き合わないでほしい。他の男と話さないでほしい。

「ああっ！　マッチーいた！」大袈裟《おおげさ》に喜んでいる顔をして、百合が学食に入ってくる。

走ってオレと生田のところまで来て、オレに抱きついてきた。


「電車、大丈夫だった？」

「うん。百合は？」

「わたしが出た時はもう走ってたから、大丈夫」

「ああ、そう」

抱きつかれた手をほどく。怒られないように優しく触りながらも、離れる。もともと友達だったから、付き合うのは楽だ。けんかをしても、鬱陶《うっとう》しいと思うことはない。

それなのに、今はとても鬱陶しい。どうして付き合っているのか分からないとまで思えてきた。

「マッチー、電車の中だったんじゃないの？」百合は、オレの隣に座る。

「ううん。駅に行ったら、もう止まっていた」

「そうなんだ。アパートに帰ってこなかったから、電車の中だったんだと思ってた。

電話しても出ないし」

「あっ、ごめん」

携帯を見ると、百合からの電話とメールで履歴が埋まっていた。

「電車動くまで何してたの？」

さっきはあんなに喜んでいたのに、話し方に徐々に機嫌悪さが出てくる。

「いや、ちょっと」上原さんといたとは言わない方がいいだろう。

「ちょっとって何？　一時間半くらい止まってたんでしょ？」

「ちょっと」

「何？」

「歩いてきた」

「はあっ？」眉間《みけん》に皺《しわ》を寄せて、百合はオレを睨む。

本人は気がついていないみたいだが、百合はたまに怖い顔をする。切れ長の目というのか、目つきが鋭い。

友達だった頃は、目が合っただけで怖いなと感じることもあった。元ヤンと噂されていた。ヤンキーではないらしいが、品行方正な女子高生ではなかったようだ。高校生の時の写真を見せてもらったら、別人としか思えないギャルメイクだった。今は、カジュアル系の女子大生という格好で、化粧もナチュラルな感じにしている。

付き合い始めた頃は、怖いと思っていた女の子がニコニコしながらオレのことを好きだと言っているギャップをいいなと感じていたが、最近は基本的に怖い。一緒にいる時の八割以上の時間、怒っている。

「天気良かったし、歩いてきた」

「誰と？」

「一人で」

「どうやって」

「どうやってって？」

「どうやって道を調べたの？」

「携帯で」

「ナビとか使いこなせないよね？」

「そうだね」

「誰の携帯で調べたの？」

これはけんかではなくて、取り調べだ。昨日の夜も同じようなやり取りをした。

一昨日《おととい》の夜、オレはバイト先の飲み会に行った。飲み会には、前に付き合っていたフリーターの女の子も参加していた。向こうにも彼氏がいるし、今はただの友達でしかない。それでも、百合に言えば嫌がるのは分かっていた。前に百合が参加しなかったサークルの飲み会に一年の時に付き合っていた先輩が来た時も、けんかになった。だからこそ先に言った方がいいかなと考えはしたが、百合も友達と飲みに行くと言っていたから連絡しなかった。

オレは何も言わなかったのに、昨日の夜には飲み会に行ったことがばれていた。どこで聞いたかは分からない。女子には男に見えないネットワークがある。飲み会で元カノと二人で話していたこともばれていた。向こうの彼氏の話を聞き、オレが百合のことを怖いと愚痴ったことまでばれていた。

それを最初から言えばいいのに、砂山を崩すように少しずつ責められた。怒ってなんかいないような顔で、昨日はバイトだったの？　と聞いてきて、質問に対して嘘《うそ》と本当の辻褄《つじつま》が合わなくなるまで攻撃された。山が崩れたところからは長い説教になる。他の女と話さないで、わたしが参加しない飲み会には行かないでと言われ、最終的には、バイトも辞めてと泣きながら怒鳴られた。

実家はオレの遊ぶ金までくれるほど裕福ではない。家賃と光熱費の仕送りだけで精一杯だ。バイトは辞められない。辞められたとしても、大学と百合だけの生活なんて、考えたくもない。

いつものことなので、黙って聞き、疲労が見えてきたところでセックスに持ちこんだ。

会って、けんかして、セックスというのが当たり前になってきてしまい、けんかが前戯のようになっている。機嫌良くなってもらうために、こっちががんばらないといけないから面倒くさい。でも、そうしないと朝まで説教がつづいたり、永遠と思えるくらいに泣かれたりするから、もっと面倒くさい。

「ねえ、誰の携帯で調べたの?」

「生田」

助けを求めるが、生田はオレ達の方を見ないで飲み終わったレモンティーのカップを折りたたんでいる。

「どこで生田と会ったのよ?」

「いや、生田じゃなくて」

「誰と一緒だったの?」

「えっと」

なんのために嘘をつこうとしているのか分からなくなってくる。

百合と付き合い始めたきっかけは、軽かった。サークルの飲み会の時、お互いに彼女や彼氏と別れたばかりで、それなら付き合っちゃおうと言って、その日の夜に百合はオレの部屋に来た。次の日の朝に、ずっとマッチーが好きだったと言われた時には驚いたし、前の彼氏を知っているから嘘だとも思ったけれど、かわいいなとも思った。恥ずかしそうに布団で顔を隠していて、その上からギュッと抱きしめた。

あれは誰か違う人だったんじゃないかと思えてくる。

最近は、セックスした次の日の朝は眠そうな半開きの目で、けんかを蒸し返されるだけだ。

気楽ではあるし、周りからも合っていると言われる。けんかしても別れ話までしたことはなかった。すごい好きだと思うこともなければ、嫌いになることもない。これが安定というやつで、このまま、ずっと付き合っていくんだと思っていた。そのうちに、けんかもしなくなるだろう。でも、やっぱりそれは違う。

すごい好きな女と付き合いたい。

これ以上ここで怒られるのが鬱陶しいから嘘をつくだけだ。百合に嫌われたくないからとか、悲しませたくないからとかではない。

「そういやさ、電車が止まったって何？」生田が言う。「どうして一時間半も止まってたの？」

「線路内立ち入りだって」百合が答える。

「えっ？　飛来物って言ってたよ」オレが言う。

「飛来物ってなんだよ？」

「さあ」

「わたしが乗った時は、線路内立ち入りがあったため運転を見合わせていましたって、電車内で放送が流れてた」

「でも、飛来物って電光掲示板に出てたよ」

「見間違えたんじゃないの？」

「じゃあ、掲示板が間違ってたのかも。すぐに消えたから」

「きっと、そうだよ」

三人で話しているうちに、百合の口調は穏やかになっていく。

共通の友達が多いというのは、百合と付き合う上でいいことだと前は思っていた。みんなで話している時は、百合も機嫌が良かった。友達に対しては目つきは怖くても、怒ったりしない。オレとけんかしているのを露わにするのは、生田の前だけだ。サークルの飲み会で話している時なんかは、友達だった時の感覚に戻り、楽しいと感じた。仲間うちで認められているカップルというのも、心地良かった。

　でも、それはいいことではない。

　友達である百合に対する好きとか大切とかいう感情と、恋人である百合に対する好きとか大切とかいう感情が混ざってしまい、自分の感情がはっきりしなくなる。

「そろそろ行くな」生田が立ち上がる。「マッチーの分も出席カード出しておくよ」

　二限目は授業の終わりに出席カードを配って、出席を確認する。最後だけ行ってもカードはもらえないが、後半からでも出ていればいい。

「オレも行く。また後で話そう」百合に言い、学食を出ていく生田の後を追う。

「待ってよ」

「ごめん、出席しないとヤバいから」追いかけてこようとした百合に手を振り、走って学食を出る。

　外に出たら、生田が待っていた。

「ファインプレー?」

「遅いよ」

「じゃあ、俺の分の出席カードも出しておいて」

そう言って、生田は自転車置場の方へ行ってしまう。

「どこ行くの？」

「秘密。昼休みには戻ってくる」

「了解」生田の後ろ姿に手を振る。

みんなでいる時、生田は中心にいて騒いでいる。先輩にかわいがられて、後輩に慕われている。女に対して適当なのに、なぜか女友達も多い。顔が広くて、オレが全然知らない他の学部の奴と話していることもあった。でも、本当は群れるのが好きじゃない。

さっきまで笑いながら話していたのに、こうして急にいなくなってしまうことがたまにある。

百合が学食から出てくる。手を振り、オレは三号館に行く。


二限目が終わって教室を出たら、生田がいた。

「出席カード出してくれた？」

「出した。ここにいるなら、出りゃ良かったじゃん」

「今、戻ってきたんだもん」

「ああ、そう」

各教室から一斉に学生が出てくる。隣の隣は大野の授業だった。生田と廊下を歩きながら、上原さんいないかなと思っていたら、タイミング良く教室から出てきた。

上原さんもオレに気がついたみたいで、目が合う。しかし、そのまま何も言わずに廊下の奥で待っていた友達のところへ走っていってしまった。二人で学校に来たことは、なかったことになっている。仲良くなれたと思っているのは、オレだけのようだ。

大野が教室から出てきて、オレと生田の前を通る。高そうな香水のにおいに、生田は顔を顰《しか》める。

革靴で足音を立てながら廊下を歩き、大野は友達と話していた上原さんに話しかけてから、研究室につづく渡り廊下の方へ行った。何を言われたのか、上原さんはさっきまで笑っていたのに、顔を伏せる。一緒にいる友達は心配そうに上原さんの顔をのぞきこんでいた。彼女は上原さんにとって、本当の友達なのだろう。生田が特殊な恋愛をして辛《つら》そうにしていたら、オレも心配する。他の友達だったら、おもしろがってしまうし、今みたいな状況は見て見ぬフリをする。

「どうする?」生田が言う。

「何が?」

「昼メシ」

「ああ、どうしようか」

上原さん達の横を通り、階段を下りて、三号館から出る。

学食に行く気分ではなかった。だからといって、外へ出る気にもなれない。三限目も授業がある。

「購買でなんか買って、テラス行く？」

「そうしようか」

購買に行き、カップラーメンとコロッケパンとプリンを買う。生田はカップ焼きそばと焼きそばパンとベビースターラーメンの焼そば味を買っていた。

買ったものを抱え、購買の上にあるテラスに行く。

テラスと言うと、おしゃれっぽいが、ただの屋上だ。

購買や学生センターが入った校舎は二階までしかなくて、屋上に出られるようになっている。研究室が入っている校舎の三階と繫《つな》がっていて、教授や講師達が煙草《たばこ》を喫《す》いに出てくるから利用する学生は少ない。しかし、昼休みは先生達も学生がいると考えて避けるのか、出てこない。静かに過ごしたい時には、ここに来る。

オレと生田は、テラスの隅に置いてあるベンチに座る。

目の前にはサッカーグラウンドが見える。うちの大学のサッカー部は関東一部リーグに所属する強豪だ。

中学と高校の時は、サッカー部だった。強い学校ではなかったが、朝も放課後も必死になって練習した。高校二年の時に選手権の県予選でベストエイトまで進めた時は、これ以上ないと思えるくらい嬉しかった。負けた後は、同じくらい悔しかった。来年こそはと誓い合ったが、三年になると、受験勉強を優先するようになった。

サッカーをつづけられるレベルではないことは分かっていた。

大学に入り、関東一部や二部リーグに所属するサッカー部でレギュラーになれるのは、強豪校出身の奴ばかりだ。うちの大学のサッカー部には入部テストがある。明らかにクリアできなそうな条件だったから、受けもしなかった。大学でできたとしても、プロになんてなれない。J2以下のチームでも、高校生の時に全国レベルと言われた選手が苦戦している。

フットサルサークルでたまにサッカーができればいいと思っていた。東京に出てきたのだから、高校生の時とは違うことがやりたかった。

それなのに、もっとがんばれば良かった、そう思うことがたまにある。

「焼きそば、うまいか？」生田に聞く。

「うまくなきゃ、こんなに食わないよ」カップ焼きそばをおかずに焼きそばパンを食べている。逆かもしれないが、とにかく交互に食べている。

「そうだよな」

多分だけれど、生田はサッカーに対して、オレ以上の思いを抱えている。オレは高校生の時から一方的に生田を知っていた。

高校二年の選手権で、ベストエイトまで進んだ高校で生田はレギュラーだった。県予選ではない、全国でベストエイトだ。国立を目の前に敗退した。オレはその試合をテレビで見て、注目の選手として生田が雑誌に載っているのを読んでいた。三年の時も選手権に出ていたが、一回戦で敗退した。

県予選が始まるより前に三年が引退する学校もあるが、だいたいは予選が終わるまでつづける。決勝は十一月になるので、秋の体育祭に堂々と出られるサッカー部は弱小校の証《あかし》だ。オレは高校最後の行事と言い、体育祭を思いっきり楽しんだ。その時点で、サッカーグラウンドを見て感傷に浸る権利はない。

選手権の決勝は成人の日だから、出場校で進学希望の場合は、スポーツ推薦を狙うか浪人するしかない。

入学式で生田を見つけた時は、あの生田か確かめるために何度も見てしまった。スポーツ推薦では、文学部に入れない。一ヵ月前まで部活をやりながら、一般入試で大学に入った努力はオレには考えられないものだ。サークルや体育の授業を見る限り、生田は今もうちの大学のサッカー部に入れるレベルをキープしている。でも、入ろうなんて思ってもいない。サッカーをやってきた十数年間、かまぼこ工場を継いだ後の何十年間、好きに生きられるのは大学にいる四年間だけだ。

大きな思いを断ち切る。それができる潔さもオレにはない。

「電話、鳴ってるよ」ベビースターラーメンを食べながら、生田はオレのカバンを指差す。

どうせ百合だろうと思って携帯を開いたら、実家からだった。

「もしもし」

「もしもし、お母さんだけど」

「何?」

生田が聞き耳を立てるから、研究室がある校舎に入る。廊下には誰もいなかった。声が響くが、研究室の中にまでは聞こえないだろう。

母親からは一ヵ月か二ヵ月に一回くらい電話がかかってくる。何を送るとか、休みに帰ってくるの？　とか、仕送り忘れたとか、そういう時だ。

「あんたさ、帰ってこれないの？」

「なんで？」

正月も春休みもゴールデンウィークも実家に帰らなかった。去年の夏休みも帰っていない。その前の正月は帰ったが、友達の家で遊んで、実家では寝ていただけだ。お年玉だけもらって東京に戻ってきた。今年の夏休みも帰らないつもりだ。母親の顔は思い出せるが、父親の顔はぼやける。

「ばあちゃんがさ」母親の声のトーンが暗くなる。

「どこか悪いの？」

「悪くはないんだけどね、あんたがいないと寂しいって」

「そう言われても」

母親がパートに出ていたため、子供の頃はばあちゃんっ子だった。おやつを食べながら、学校で何があったとばあちゃんに報告した。小学生の時は、よく二人で出かけた。鳩が轢かれるのを見た日が、二人で出かけた最後だ。家族といるのを見られるのが恥ずかしかったし、ばあちゃんのことを鬱陶しいと感じて、話さなくなった。高校生の時には、部屋に入られるのが嫌で、怒鳴ってしまったこともあった。

「土日にちょっとでもいいから帰ってこれない？」

「バイトがあるんだよ」

「お金ならあげるから。どうして帰ってこないんだって、毎日言われるお母さんの気持ちにもなってよ」

「分かったよ、考えておく」

「お願いね」

「友達待ってるから」

電話を切る。ばあちゃん孝行や親孝行をしたい気持ちはある。でも、こうして電話で訴えられると、帰りづらくなる。土曜日に帰って一晩過ごすくらい簡単にできるのに、できない言い訳を探す。

廊下の一番奥の扉が開く。一番奥は大野の研究室だ。一年の時に授業を受けていて、レポートの再提出を何度もくらい、通った。

話し声が聞こえ、誰か出てくる。

ヤバいなと思ったが、もう遅い。

上原さんが扉を閉めようとドアノブを持ったまま、オレを見ていた。

ゆっくりと扉を閉めて、上原さんはオレのところに来る。

「何してるの?」目の前まで来て言う。

問い詰めるような口調も、泣いていたと分かる赤い目も、朝とは別人のようだった。

「テラスでメシ食ってて、そしたら電話がかかってきて、テラスだと生田に聞かれるから。えっと、生田っていうのは友達で」

電話していたと一言で済むのに、言い訳するみたいになってしまった。

「知ってる。生田君も同じクラスでしょ」

上原さんはオレから目を逸《そ》らす。話す声に涙が含まれている。ここで泣かれても受け止められる自信がない。

飲み会やサークルのミーティングで泣き出す女子はよくいる。生田は、そういう女子からさりげなく離れる。オレはそれができずに泣きやむまでの世話係になってしまう。泣きやんでもらうことが目的で、真剣に話を聞いたりなんてしない。適当に頷いていれば、そのうち静かになってくれる。

高校生の時は、彼女や女友達が泣いていたら、ちゃんと話を聞いて相談に乗っていた。泣いている女子への正しい対応術を持っていたはずなのに、適当にやり過ごすうちに忘れてしまった。

百合はよく怒りながら泣くけれど、涙がにじんできた時点でどうやってごまかすか考える。

「なんかあった？」聞いてしまってから、間違えたと思った。

大野との噂を知っていると言ったのと同じことだ。何も気づいていない顔をするべきだった。

「何もないよ」上原さんはオレのシャツの袖を掴《つか》む。赤い目でオレを見る。

女を見る目はオレより生田の方が確かだ。二股《ふたまた》かけても、浮気しても、騒ぎ立てない女をしっかり選ぶ。ああ見えて、やりまくってそう。上原さんに関して生田が言っていたことは、きっと間違っていない。大野以外に男がいるとまで言わないが、オレが考えているような純粋さはない。

でも、だからって、どうしたと言うのだ。純粋なままでなんて生きられない。

「目、赤いよ。なんかあったんじゃないの？」

上原さんは今、オレに話を聞いてもらうことを望んでいる。袖を掴む手からそれが伝わってくる。同情されたい、かわいそうと思われたい、そう願っている。大野と別れた後の相手に、オレを考えているのかもしれない。

人気の教授と別れた後に、上原さんがいつも一緒にいるような真面目で冴えない男子学生と付き合う気にはなれないだろう。別れてどんな男と付き合っているかも、噂になる。前に大野と付き合っていた先輩は、就職が内定した会社で早速彼氏ができたと噂が回っていた。それなりのステイタスを持った顔が分からない相手がベストだが、大学とアルバイト先くらいが行動範囲だとそれも難しい。大野に捨てられて合コンに出ているなんて、何があっても言われたくないだろう。別れたらすぐに、大野は他の学生を選ぶ。その中で、いつまでも一人でいるのは惨めだ。

誰かいないか探しているところに、オレが引っかかった。

オレだって、いい噂をされるタイプではない。でも、派手で目立っているグループの男が彼女と別れ、上原さんと真剣に付き合っている。そういう噂ならば、プライドが折られずに済む。

「なんかあったんじゃないの?」何も答えてくれないから、もう一度聞く。

「噂、知ってるでしょ?」目を伏せて、小さな声で言う。

「うん」

「今日みたいなことがまたあったら、別れるって言われた」

「今日みたいなこと?」

「一限出られなかったから」

「だって、電車が動いてなかったんだからしょうがないじゃん」

大野は付き合っている女子学生を甘やかさない。自分の目に見える範囲、手が届く場所に常に置いておき、監視する。レポートにCを付けられたら、別れの合図だという噂もある。オレは再提出を何度もくらったレポートにも、最終的にCを付けられた。大学だって経営難と言われる時代だ。そんなことする先生は他にいない。オレ達に対する以上に厳しい目で、愛人を見る。

そういうプレイなのだろう。優秀だった学生を追い詰めて、追い詰めて、彼女達が壊れていく姿を楽しむ。壊れきったところで捨てる。捨てられた後に大野に縋《すが》ると卒業が危うくなるらしい。卒論を何度出しても、合格がもらえなくなる。

だから、彼女達は大野との関係が危なくなると、次の対策を必死で考える。

そんな教授は辞めさせるべきだと思うが、女子学生と付き合ったことがある教授を全員クビにしたら、女の先生ばかりになってしまう。

「一限だけなら出なくても大丈夫って思った私が悪いの。歩いている途中でメールが来てね、すごく怒っていて、二限でも私を見てくれなかった」

上原さんが歩いている途中から速足になったのは、大野のメールを見たからだったんだ。大野は授業中、タブレットを使っている。そこからメールを送ったのだろう。

「でも、バスだって乗れなかったし」

「タクシー使えば良かったって」

「だって、タクシー乗り場も並んでたじゃん」

「そうだよね」上原さんは一粒だけ涙を落とし、指先でそっと拭《ぬぐ》う。「ごめんね。町田君、困るよね」

「いや、いいけど」

二年以上かわいいと思っていた相手だ。利用されても構わないとは思わないが、利用してくれるならばオレも利用させてもらう。

「ごめんね」

「いいよ。大野教授のこと、そんなに好きだったの？」

「好き。最初はよく分からなかった。でも、誰かを選ぶならば私を選んでほしいって思ってた。それが恋愛なんて考えていなかった。初めて研究室に呼ばれた時は嬉しかった。別れたくないの」

これは懺悔《ざんげ》のようなものだろう。上原さんは不幸な恋愛の全てをオレに話す。オレはそれを赦《ゆる》し、過去を知った上で付き合う。そしたら、オレに大野とのことを責める権利はなくなる。

恋人いない歴イコール年齢の奴も多くいるが、大学三年になれば元カノや元カレの一人や二人いる。相手に知られたくない過去もある。それは告白してしまった方が楽だ。黙っていてある日ばれてけんかするより、あの時は辛かったとか苦しかったとか先に言ってしまった方が優位に立てる。

百合はオレが大学に入ってから付き合ってきた彼女を全員知っていて、そのことでけんかになる。知られたくないとも思っていないし、不幸なことなんて何もなかった。オレも百合が前に付き合っていた彼氏を知っている。大学内にいるからたまに見かける。その彼氏と百合が話していても、オレは何も言わない。暴力を振るう男だったことをオレは知っている。あいつと何話してたんだよ？　と責めれば、百合は怯《おび》える。どんなに怒鳴られても、怒鳴り返すことはできない。

付き合い始めた時に、百合が言った「ずっと好きだった」は、「ずっと利用したいと思っていた」という意味だと思う。暴力を振るう男と別れて、どんな女の子にも優しい町田君と付き合う。女子達が良かったねと言ってくれそうなシナリオだ。すごい好きな相手と付き合っている奴なんて、見たことがない。好きだと言い合っている奴らにかぎって、すぐに別れる。

百合はオレにとっても、ちょうどいいだけの相手だった。

「別れようって言われたわけじゃないんだろ？」

「でも、もう無理だと思う」袖を掴む手に力が入る。

ここで抱きしめれば、上原さんはオレのモノになる。

サークルの女友達だった百合と別れて、大野の女と付き合う。オレにとっては、あまりいいシナリオではないけれど、上原さんと付き合うには、今が最初で最後のチャンスだ。

大野とやっていたというのは引っかかるが、オレだって人のことは言えない。百合だって前の彼氏とやりまくっていた。二十歳《はたち》過ぎてやったことないような女とは、どうせ付き合えない。

「マッチー」テラスに繋がるドアが開き、生田が顔を出す。

上原さんはオレの袖から手をはなす。

「ごめん、じゃあね」手を振りながら、廊下を走っていってしまう。

「ファインプレー？」生田は、オレの横まで来る。

「どこが？」

「友人を毒牙《どくが》より救った」

「毒牙にかかりたかったよ」

「上原が毒牙って認めるんだ？」

「いや、認めない。オレは認めていない」

「認めたじゃん」

テラスに出て、ベンチに戻る。食べかけのまま置いていたカップラーメンは冷めてのびきっていた。


帰りの電車は時刻表通りに動いていた。

車内で「朝は遅れが出て申し訳ありません」というアナウンスが流れた。しかし、動いていなかった理由は分からなかった。

三限目から来た友達は、止まっていたことさえ知らないと話していた。携帯やネットで調べれば分かるが、知らないままにしておきたかった。全てを知ろうと思えば知ることができるけれど、それがいいことだとは思えない。

バイトは休みだ。飲みに行く？　と生田に誘われて、断った。百合はバイトがあるから、三限目まで出て一人で帰ってきた。

駅前は、朝の人だかりが幻だったかのように、いつも通りに戻っている。主婦や会社帰りの人が夕ごはんの買い物にスーパーへ向かい、制服姿の高校生がファストフードの前でポテトを食べている。騒動に巻きこまれた人もいるはずなのに、何もなかったみたいだ。ホワイトボードもしまわれ、電光掲示板に行楽情報が流れていく。

コンビニに寄る。何も買う予定はないのに、寄ってから帰るのが習慣になっている。週刊誌を立ち読みしていたら、自動ドアが開いた。

上原さんだった。

一度アパートに帰ったのか、ヒールの高い靴ではなくてスニーカーを履いている。カバンも学校で持っていたものではない。買い物用という感じの小さなカバンだった。上原さんも気がつき、オレの方に来る。

「今日、ありがとう」上原さんが言う。

昼休みと表情が違う。強張《こわば》りが解けて、少しだけ恥ずかしそうだった。大野との話を聞いたことに対してではなくて、一緒に学校に行ったことに対してのありがとうなのだろう。

「オレもありがとう」

「じゃあね」

「待って」

コンビニの奥に行こうとした上原さんを止める。

「何？」

「連絡先、教えて」心臓が大きく鳴ることはなくて、自然に言えた。

「いいよ」

上原さんは小さなカバンからスマホを出す。オレも週刊誌を置いて、カバンから携帯を出す。ボロボロのガラケーを見られることより、隠そうとしていることの方が恥ずかしく思えた。

「ガラケーからスマホに赤外線ってできんの？」

「えっ？　私も分かんない」

「どうなんだろう」

二人とも首を捻《ひね》る。店の中でやり取りをしているのは邪魔になりそうだったから、外に出る。

自動ドアの横に立ち、赤外線を試してみる。

百合と別れようと決めた。上原さんと付き合うためじゃない。すごい好きな女と付き合うためだ。

「あっ」上原さんが空を指差す。

どこから飛んで来たのか、桜の花びらが一片舞っていた。青空に吸いこまれるように消えていく。

フリーターは、ホームにいた

電車が来ない。

いつもだったら、七分か八分に一本の間隔で来る時間帯なのに、二十分以上来ていない。急行が通りすぎたのを最後に、電車が走っている気配さえしなくなった。

ラッシュには少し早い時間だと思うが、ホームが混雑し始める。階段の方まで人が溢《あふ》れているようだ。駅員さん二人で何か話し合い、そのうちの一人が人をかき分けて階段を下りていく。構内放送が流れるけれど、音が割れている。「止まっていま」「のため」「お急ぎの方は」と、部分的にしか聞こえず、肝心なことが分からなかった。遠くで誰かが叫んでいるが、その声もはっきり聞こえない。

ベンチに座って耳をすませていたら、腰の曲がったおばあさんと目が合った。席を譲ってほしいのだろうけれど、譲りたくない。

隣にはわたしより少しだけ若そうな男の子が座っている。手に持っているファイルからルーズリーフが落ちそうだ。大学生か専門学校生だろう。健康そうだし、彼が立つべきだ。でも、スマホで音楽を聴きながら、眠っている。イヤホンからアイドルの声が漏れていた。そんな大きな音で聴いていてよく眠れるなと思うが、寝たフリをしているのだろう。このホームで、座っていられるわたし達は勝者だ。電車が来たらすぐ乗れるように並んでいる人達は、自分が勝者だと思っているかもしれない。しかし、いつまでもそのままではいられない。ベンチに座って待ち、一本目の電車は見送り、ゆっくりと立ち上がって、並ぶ。それが真の勝者の振る舞いだ。

おばあさんから目を逸《そ》らし、わたしも寝たフリをする。

一日の始まりは素晴らしかった。

久しぶりに寝坊せずに起きられた。目覚まし時計がピッと最初の音を鳴らしたのと同時に目が覚め、次の音が鳴るより前に素早く止めた。時計の十五分後に鳴るようにセットしてあるスマホのアラームも止めた。いつもだったら、ここでもう一眠りしてしまうところだが、ベッドから出た。

カーテンを開けて、窓を開けると、朝の爽《さわ》やかな風が部屋の中を通り抜けていった。掃除や洗濯もしたくなるくらい、清々《すがすが》しい気持ちだ。でも、気持ちだけで、隅に溜《た》まったまっくろくろすけが身を寄せ合っているように見えるホコリのかたまりも、部屋中に散乱する洗濯物も見なかったことにした。手をつけてしまったら、一日がかりでも終わらない。洗濯物だけ端に寄せて山を作り、一人分座れるスペースをあけたら、気分がすっきりした。大きなことをやり遂げたような気持ちになった。丸まったTシャツと裏返しのカーディガンの間から、借りた憶《おぼ》えがないＤＶＤのレンタルバッグが出てきた。ケースが見つからないし、ＤＶＤプレイヤー本体の取り出しボタンが壊れているし、リモコンも見つからなくてディスクを取り出せない。これも見なかったことにした。

食パンを焼き、バターといちごジャムをぬって一枚食べたところでまだ時間に余裕があったから、もう一枚食べた。起きてすぐに水道水をコップ一杯飲んで、食パンを食べながら、牛乳を二杯飲んだ。デザートにブルーベリーヨーグルトを二個食べた。水道水以外は賞味期限が少し、もしくはかなり切れていたが、あくまでもおいしく食べられる期限であって大丈夫と思って、食べてしまった。今思えば、これが惨劇の原因だ。

顔を洗って、歯を磨き、山の中から掘り出した長袖のボーダーシャツとジーパンに着替えて、曇った鏡を見ながら化粧して、完璧《かんぺき》！　と叫びたいくらいだった。靴下が右はピンク、左は緑なのはおしゃれだ。両方揃《そろ》っている靴下が見つからなかったわけじゃない。

バイトに行く前に朝ごはんを食べたのも、化粧したのも二年ぶりで、朝からちゃんとするって気分がいいなと感じた。

素晴らしかったのはここまでだ。

出かけようと玄関まで出たところで、お腹《なか》が痛くなった。常に便秘している。朝からお腹が痛くなる日なんて、年に何日かしかない。朝ごはんを食べたらお通じが来るんだなと、喜びながらトイレに入ったが、喜びも束《つか》の間というやつだ。さっき食べたものがもう出ようとしているのかと思えるほどの大騒ぎが起きた。

〝尋常じゃない〟と、普段は使わない言葉を使いたくなるくらいお腹が痛くなり、冷や汗が流れ落ちた。落ちた汗が床に溜まる。長い年月詰まっているものとそれを押し出そうとする勢力の戦争が、お腹の中で繰り広げられているのが分かった。明らかに負ける戦いだと分かっているのに、詰まっているものはなかなか降伏しようとしない。まるで幕末の日本のようだ。お腹の中で、尊王攘夷《そんのうじょうい》が始まった。日本史全然分からないけれど、それくらい大変な騒ぎだった。詰まっているものが出た後は、押し出そうとする勢力が一気に流れ出た。この時は快感でさえあった。ところが、流れ出ても戦いは終わりじゃない。新たな勢力が生まれ、外に出るか出まいか揉《も》めだす。今日はこの辺で！　と判決が下り、戦いが終わった。平和を喜ぶ民衆の歌がわたしの頭の中だけに聞こえたところで、やっとトイレから出られた。

乗ろうと決めていた電車に乗れなくても、一本後には間に合う。余裕を持ってバイトに行きたかったけれど、しょうがない。一本後でも遅刻にはならない。そう思って駅まで走ったが、乗れなかった。

高校生の時の体育以来、八年以上ぶりに全力疾走してみたら、身体《からだ》が重かった。足音に効果音をつけるとしたら、ドスドスだ。太っているわけではない。大学生の頃のマックスに太っていた時と比べたら、五キロも痩《や》せた。でも、身体が重い。そう感じつつも、『時をかける少女』の実写版の仲里依紗《なかりいさ》を思い浮かべ、颯爽《さっそう》と走っている気分で、住宅街と商店街を駆け抜けた。

駅までは辿《たど》りつけたのに、階段を上がる体力が残っていなかった。階段を一段上がる度に、足から力が抜けていく。足に宿っている魂のようなものがすうっと抜け出して、下半身が消えていくような感じがした。ホームに電車が止まっているのは分かったが、気力を振り絞れなかった。振り絞ろうにも、もともと気力なんて持った憶えはない。気力があったらこんな生活してないよな、気力って何それ？　おいしいの？　と考えながら、電車から降りてきた人達の波に逆らい、どうにかホームまで上がれたけれど、目の前でドアが閉まった。

誰かに見られていて、わざとじゃないかと思えるくらい、タイミングが良かった。足を滑りこませたら、間に合ったかもしれない。荷物が挟まったとかで、もう一度開かないか待ってみたが、そのまま発車してしまった。

遅刻決定と呆然《ぼうぜん》としていたら、駅員さんに「黄色い線の内側に下がってください！」と、怒鳴られた。一歩下がってから改めてもう一度、遅刻決定と呆然とした。

一分くらいかけて充分に呆然としてからベンチに座り、次の電車を待つことにした。待ちながら、遅刻の言い訳を考えた。

寝坊、目覚まし時計が壊れた、スマホも壊れた、遊びにきているまだ中学生の弟が熱を出した、早めにアパートを出たけれど途中で具合が悪そうなおばあさんを助けた、じいちゃんが危篤、ばあちゃんが危篤、実家の猫が危篤、前とは違うじいちゃんが危篤、前とは違うばあちゃんが危篤、前とは違う猫が危篤、生理。

過去に使った言い訳はもう使えない。生理は何回でも使えるし、会社の規則で生理の時は休んでもいいとなっているけれど、使いたくない。社員に言った時の逆セクハラ感が半端ない。柴崎《しばさき》ならまだいいが、店長に言った後の気まずさは笑えるほどだ。危篤の人をこれ以上増やすのもまずい。父や母が危篤と店長に言ったら、帰って病院に行きなさいと言われてしまう。柴崎でさえ、優しくしてくれるかもしれない。しかし、しばらく休まないといけなくなるから、それはそれで困る。

弟をもう一人増やそう。高校生の弟もいることにして、家出してきたとか言えばいい。実際の弟は、わたしより二歳下で、サラリーマンとして立派に働いているが、家族構成なんてばれやしない。履歴書だか契約書類だかなんだかに書いた気もするけれど、二年以上前に提出したものをわざわざ調べないだろう。

それがいいと決めたところで、電車が来ていないことに気がついた。


寝たフリをしながら、神はわたしをお救いくださった、と微笑《ほほえ》んでしまう。「電車が止まっていたんです」と言って、堂々と遅刻できる。もちろんキリスト教徒じゃないし、うちのお墓が何宗のお寺にあるかも知らない。でも、そういうことじゃなくて、がんばっている人を救ってくださる神様がこの世界にはいる。

電車が止まるっていうのは大変なことだとは思う。こんなに長い時間止まっているならば、何かしらのトラブルがあったのだろう。信号機の故障とかありそうだ。お客様同士のトラブルとか、体調の悪い方がいたためとか、集中混雑のためとか、嘘《うそ》か本当か分からない理由でよく遅れる路線だけれど、そのレベルじゃない何かが起きたから止まっている。五月だから、五月病ってことで、人身事故かもしれない。寝たフリするには最適の清々しさも、辛《つら》い人には辛い。周りのみんなが幸福で、自分だけが不幸に思えてしまうだろう。わたしにもそういう時期はあった。

あれは、大学四年生の頃だ。三回目の四年生だった。同じ一年を何度も繰り返し、永遠に四年生のままというSF的な話だったら楽しいけれど、そんなことはありえない。

わたしが通っていた大学は、単位がどんなに少なくても四年生にはなれた。でも、単位が足りなかったら当然、卒業できない。初めての四年生の終わり、わたしは全然単位が足りなくて、卒業式には友達を見送りに行った。一緒にだらけていたはずの彼氏や友達は、うまいこと単位を計算して、みんな無事に卒業した。卒業式の後、彼氏から「別れよう」と言われた。オレといるとお前だらけちゃうからとか、オレはお前にがんばってほしいんだよとか、それっぽいことを色々と言われたが、嘘だ。他の友達と社会人同士で合コンする約束をしているのを知っていた。

映画研究会といっても映画を撮らないし、見ることもないサークルの後輩に残念な人という憐れみの目で見られながら、二回目の大学四年生が始まった。しかし、後輩はみんな優しかった。わたしのために単位を計算してくれて、代返までしてくれた。卒論も協力してくれた。それなのに、卒業できなかった。寝ないで卒論を書いたら、提出日に寝坊した。ついでに単位も足りない。教授に土下座でも枕営業でもなんでもやる覚悟で泣きついてみたが、また来年いらっしゃいと言われた。学生に手を出すという噂《うわさ》のある教授だったが、わたしには紳士的だった。

三回目の四年生を助けてくれる人はいない。二歳下のサークルの後輩達はわたしとどう接していいか分からなかったらしく、遠慮がちに見られた。二年留年している人はわたし以外にも何人かいたが、関わったらいけないというのは分かっていた。関わると、大学に在籍できる限界まで留年してしまう。学内の寮に住んでいるのに全く授業に出ないで、大学に棲《す》む妖精と呼ばれている同級生の男に声をかけられた時には、わたしも妖精になってしまうと思い、授業に出るから！　と言って逃げた。

わたしの味方は誰もいないと感じながら、五月の爽やかな風に吹かれていたら、死にたくなった。なんの前フリもなく突然に、死のうと思った。でも、死ななかった。

ここから飛び降りよう、と大学のテラスと呼ばれる屋上で考えていたら、別れた彼氏から一年以上ぶりにメールが届いた。話があるから久しぶりに飲みに行こうと誘われ、会うことになった。ヨリを戻そうとか言われたらどうしようと思い、クリーニング屋さんに預けたままになっていたワンピースを掘り出してもらい、全身の無駄毛を剃《そ》って会いにいったら、会社の愚痴をたっぷり三時間半聞かされた。大学生はいいよなと言われ、それだけだ。それ以上でも以下でもない。酔った勢いでセックスくらいと思ったが、何もなかった。

自分より下らない奴が生きて社会人をやっていると分かったら、死にたい気持ちもなくなった。

大学を卒業した後は就職しないで、フリーターになった。氷河期で東京は大変なんだ、と佐賀に住む両親には言ったが、就職活動さえしていない。

三回目の四年生の時は週に一回大学に行って、卒論を出すだけだから、時間はあった。しかし、五月病を乗り越えた後に彼氏ができた。アルバイトしていた漫画喫茶で一緒に働いていた三歳上のミュージシャンを目指しているフリーターと付き合い、わたしの部屋で二人で暮らした。彼がメジャーデビューして、わたしは働かなくて良くなるはずだった。付き合い始めてすぐに彼はバイトを辞め、わたしは大学に行く日以外週六で働き、彼のスタジオ代や機材代を捻出《ねんしゅつ》した。今考えればバカだったと分かる。でも、その頃は彼を信じていた。漫画喫茶が潰《つぶ》れてわたしにお金がなくなると、彼は消えた。

大学から帰ってきたら、五百円玉を貯《た》めていたくまのプーさんの貯金箱も、漫画やＣＤも、パソコンとプリンターも、金目のものは何もかもなくなっていた。実家から送られてきた海苔《のり》もない。テーブルの上に、お前のことを愛しているけど俺の道を行くという内容のしょうもないポエムだけが残されていた。おかげで未練を引きずらずに済んだ。あのポエムがなかったら、死んでいたかもしれない。貯金箱がないと気がついた時には、それくらいショックを受けた。

フリーターの生活は大変だけれど、死にたくなることはもうない。そんな時期は終わったんだ。

バイトするかアパートでテレビを見ているかだけの毎日だ。彼氏ができないから激情にかられるようなこともないし、生活に向き合うと死ぬしかないような気がしてくるから向き合わないようにしている。

構内放送のスピーカーがピーッと高音を上げる。本格的に故障したのか、さっきよりも声が割れる。「せん」「立ち」「ったため」と聞き取れた。「線路内立ち入りがあったため」と言っているのだろう。どうやら、誰も死んでいないようだ。それなら良かった。

目を開けたら、おばあさんとまた目が合った。電車が動き出すまで、寝たフリをつづけよう。

バイト先に電話しないといけないが、もう少し事態が落ち着いてからでいいだろう。

目を覚ましたら、目の前にベビーカーを押す女の人がいた。

疲れた顔で、ベビーカーに乗っている赤ん坊の顔をのぞきこんでいる。化粧をしていなくて肌に艶《つや》がない。老けて見えるけれど、わたしと同い年くらいだろう。子供を産むって大変だろうな、楽しいことだけじゃないんだろうな、わたしにはできない。と、呑気《のんき》に考えてしまったが、そんなことを考えている場合ではない。

さっきは階段の方まで溢れるほど人がいたのに、いつも通りの駅の風景に戻っている。しかも、バイトが昼からの時の風景だ。

ラッシュが終わり、買い物に行く主婦や、午後から大学へ行く学生がぼんやりした顔で立っている。中間テストか何かでもう学校が終わったのか、高校生もいた。並ばないといけないという意識はなくて、ホームの好きな場所に立ち、スマホを見たり、友達同士で集まってはしゃいだりしている。陽射《ひざ》しが暖かくて、いつも以上に穏やかだ。

腰の曲がったおばあさんや、隣に座っていた男の子や、ホームにいた人達はみんなどこへ行ってしまったのだろう。電車は動いているようだ。

全てはわたしの見た夢だったのだろうか。でも、そうなると、どこからどこまでが夢で、わたしはどうやって駅に来たのか分からない。SF的な力が使えるようになったのだろうか。それとも、時をかけて昨日に戻ったのかもしれない。という妄想を重ねて現実逃避してしまいたいが、無理だ。

寝たフリをしたまま、本気で寝てしまった。

途中で一度、目を覚ました。その時はまだ、電車は動いていなかった。

振替輸送がどうとかいう会話が聞こえ、ホームにいる人も少なくなっていた。まだしばらく動かないんだ、バスでも行けるけれど今は混んでそうだから少し待とうと思い、そのまま寝ていた。その後、駅員さんにも声をかけられた。しかし、それこそ夢だったか現実だったか分からないくらい記憶がはっきりしない。ベロベロに酔っ払った時みたいに、意識の遠い彼方《かなた》に向かって「大丈夫です」と答えた気はする。酔っ払った時は力ずくでも駅から出されるけれど、昼間だからそのまま放置されたのだろう。

腕時計を見て、時間を確認する。十一時を過ぎていた。

駅に着いたのは八時ちょうどだった。そこから二十分くらい待ち、寝てしまった。つまり、三時間近くここで寝ていたようだ。

三駅先の駅前にあるスーパーのたこ焼き屋で、今日は八時十五分からバイトが入っている。

七時五十二分の電車に乗り、八時五分にはスーパーの更衣室に着き、八時十五分にはたこ焼き屋に出勤する。九時までに開店準備をして、お客さんが少ないうちに仕込みや新商品のポスター張りを済ませ、今頃はたこ焼きを焼きつづけているはずだった。腹痛で五十二分を逃し、八時ちょうどにも乗れなかった。でも、電車が動いていたら、八時七分には乗れて、八時半には出勤できた。

今日の開店当番はわたしと男子大学生のタマちゃんだ。昨日の帰りに、社員がいない朝のうちに新商品食べてみちゃおうと約束した。タマちゃんは自転車通勤で、遅刻も欠勤もしたことがないから店は無事に開いただろう。

問題は社員だ。早番の社員が店長ならばいい。「寝ちゃいました」と言ったら、呆《あき》れつつも笑って許してくれる。柴崎だったら、わたしはクビになる。

先月の終わりに柴崎から「来月、三回遅刻したらクビ」と言われ、半月で二回遅刻してしまい、リーチがかかっている。本当は既に三回遅刻しているけれど、店長が柴崎にばれないようにタイムカードを修正してくれた。柴崎に「店長はクビにする気はないと言っている」と訴えたら「これはオレとお前の個人的な賭《か》けだ」と返された。そんな賭けには乗りたくないし、何を賭けているかも分からないが、賭けから下りることは許されない。

電車さえ止まらなければ、ここで寝ちゃうことはなかった。

それでも遅刻したけれど、十五分の遅刻と三時間以上の遅刻では印象が変わる。電車が止まった原因が結局はなんだったか分からないが、線路内に立ち入った人がいるならば、その人に責任をとってもらいたい。たこ焼き屋に行き、柴崎に謝ってほしい。

カバンからスマホを出すと、電話の着信が二十件もあった。

ストーカーかよっ！　と心の中で突っ込み、早番の社員は柴崎だと確信する。店長だったら、こんなにしつこく電話してこない。連絡が取れないから事故とか心配してくれたのかもと考えてみるけれど、違う。たこ焼きを焼きながらキレている柴崎の顔が想像できる。接客もキレが良くなり、タマちゃんが苦笑いしているのまで見える。

いっそ、事故に遭ってしまいたい。とか考えたらいけないと分かっている。でも、柴崎に怒られるのは、もう嫌だ。車にはねられて怪我《けが》しましたと言い、店長やタマちゃんに心配されたい。

手に持ったままのスマホが鳴る。たこ焼き屋の番号が表示される。

出ようか出まいか迷ったが、これ以上逃げられない。意を決して、電話に出る。

「もしもし」

「永山《ながやま》、お前、どこにいんだよ？」柴崎の声だ。

怒鳴られるかと思ったが、意外とトーンが低い。しかし、怒っている気配は伝わってくる。

「駅です」

「今日、何時出勤だ？」

「八時十五分です」

「今、何時だ？」

「十一時十分くらいですかねえ」

「ですかねえじゃねえよっ！　十一時十二分だよっ！　どこの駅にいんだよっ！」

怒鳴られて電話を切りたくなったが、堪《こら》える。切っても、どうせすぐにかかってくる。

「えっと」駅名を言う。

「出勤してくる気あんのか？」

「あります。出勤します。すぐ行きます」

「お前さ、なんで電話出なかった？」

「そんな恋人みたいな聞き方しないでください」

「はあっ？」声がより一層険しくなった。

「すいません。寝てました」

「また、寝坊か？」

「寝坊じゃなくてですね」

「なんだよ？」

「後で説明します」

電車が来た。電光掲示板に表示されている時間より遅いが、止まっていたせいでダイヤが乱れているのだろう。

「今、説明しろ」

「電車が来たんで」

「いいから、説明しろ」

「だからですね、電車が止まっていたから待っていたら、寝ちゃったんですよ」

「何、言ってんの？」

電話越しで会話しているのに、柴崎の呆れている顔が見えるようだ。

わたしと柴崎は、バイトと社員という間柄だが、同い年だ。

大学を六年通って卒業し、住んでいた学生専用のアパートをめでたく追い出され、わたしは今のアパートに引っ越してきた。それからたこ焼き屋でバイトを始めた。同じ頃、社会人三年目の柴崎は本社勤務から店舗勤務になった。たこ焼きの焼き方を店長に一緒に教わった。柴崎は接客業は初めてで、レジの使い方や領収書の書き方をわたしが補佐していた時もある。仕事の後で飲みに行くこともあり、バイトと社員という関係も、男女の意識もしないでいい友人になった。

　それなのに、いつの間にか厳しい主従関係ができあがっていた。

「電車行っちゃったんですけど」

　扉が閉まり、発車してしまう。

「気にするな。お前、今日はもう休み扱いだから」

「あっ、そうなんですか？」

　一日休みになれば一日分の給料が減る。生活を考えれば困るけれど、柴崎に会わないでいいならば、それでいい。

「でも、店には来いっ！」

「ええっ！　なんでですか？　休みなんですよね？」

「今後のことを話し合おう」

「こう言ったらあれですけど、柴崎さんにそんな権利ないいんじゃないですか？　店長に呼ばれたら行きますよ」

「店長の甘さも本社での会議にかけるから。永山のせいで、店長の立場も危うくなるかもな」

「げっ、最悪」

店長はバイトから社員になった。柴崎みたいに本社勤務が基本で、三年くらい店舗勤務したら本社に戻る社員とは違う。店舗を異動し、一生たこ焼きを焼きつづける。

「いいから来いよっ！」

「分かりました。行きますよっ！」電話を切る。

わたしと柴崎より、店長は十歳上だ。結婚していて子供が二人いる。自分も同じようにフリーターだったからと言い、とても優しくしてくれる。わたしはしばらくフリーターでいても、適当に就職するつもりだった。仕事を選ばなければ、氷河期といっても東京ならば就職先はある。二年もつづけたのは、柴崎にどんなに怒られても、店長がかばってくれたからだ。その店長を裏切ることはできない。でも、行きたくない。

だって、絶対に柴崎に説教される。柴崎の説教は長い。自分がいかに立派な人間かを話し、それに対してわたしがいかに駄目な人間かを語る。何度も聞かされ、柴崎の出身地も、中学高校の時にサッカー部で活躍していて大人気だったことも、大学でのボランティア活動も、元カノが五人なことも、高校三年生の夏休みに塾で知り合った彼女相手に自分の部屋で童貞を捨てたことも、その彼女とは冬休みになる前に別れたことも、憶えてしまった。柴崎のことならば、誰よりも知っている自信がある。知っていたところでなんにもならないが、柴崎が犯罪者になったら、ワイドショーの取材を受けて語りつくしたい。

反対側のホームに電車が来るようだ。

始発駅から終点まで乗っても三十分程度の短い路線で、上下線とも利用者が多い。上りも下りもラッシュ時は混雑する。でも、上りのこっちより反対側の下りの方が少しすいている。三駅先で別の私鉄に乗り換えれば、山の方へ向かい、観光地に繋《つな》がっている。遠足に行く小学生が朝からホームで列を作っていたこともあった。

バイトをサボって、わたしも山登りに行きたい。何度もそう思ったが、行ったことはない。

行くなら今だ！　そう感じた。

そして、次の瞬間にはベンチから立ち上がり、階段を下りて、反対側のホームへ向かって走っていた。気分はもちろん仲里依紗だ。

電車がホームに入ってくる音が聞こえ、間に合わないと思ったが、ないはずの気力を振り絞った。どうやら振り絞ろうと思えば少しは出てくるくらいの気力を持っていたようだ。

ホームまで駆け上がり、ギリギリで電車に乗れた。

店長とタマちゃんにごめんなさいという気持ちをこめ、スマホの電源を切る。

トンビが飛んでいる。波が寄せては返す。海は広くて、大きい。

わたしは山に向かったはずだ。なのに、目の前には海が広がっている。雲がない青い空の下、海も青く輝く。そう見えてバスを降りてきたが、砂浜にはゴミが打ち寄せられている。水の色も近くで見ると、汚い。遠くに体育座りしているスーツ姿のサラリーマンらしき男の人がいるだけで、他には誰もいない。バスが行ってしまった後は、海岸沿いの通りも、たまに車が通るだけだ。お土産屋さんやカフェと思われる建物が通りの向こうに並んでいるけれど、開いていない。強く風が吹き、前髪を煽《あお》られる。潮の匂《にお》いを思いきり吸いこむ。鼻の中までベタベタする。

いったい、ここはどこなのだろう。

サラリーマンらしき男の人しか頼れる人はいなそうだけれど、話しかけてはいけない気がする。平日の昼間に浜辺で体育座りしているなんて、ヤバい人としか思えない。頼むから、そのまま海には入らないでください。入るならば、わたしが帰った後にしてください。

反対側のホームに行き、電車に乗って三駅先に行くまでは順調だった。お腹がすいたなと思い、駅前にあるコンビニで鶏の唐揚げを買った。

コンビニの前で食べていたら、バスが来た。行き先は知らない町だ。唐揚げを食べ終わり、特に何も考えず、おもしろいことがあるかもしれないくらいの軽い気持ちでバスに乗った。

広い通りを走っている間は頭の中に地図を思い浮かべ、だいたいこの辺りを通っていると分かった。しかし、バスがギリギリすれ違えるくらいの細い道に入ると、分からなくなった。住んでいる辺りと変わらない住宅街の中を走っていった。それなのに、全然知らない世界に迷いこんでしまった気がした。不安を感じながらも新しい世界が広がる感覚もあり、終点に着く頃には楽しくなっていた。路線バスの旅をするテレビ番組のようなナレーションを考え、自分はタレントという設定を楽しんだ。

終点はバスに乗った駅と同じような雰囲気の駅だった。バスターミナルがあり、周りにコンビニやドラッグストアが並んでいる。そのままバスに乗って戻るか、電車に乗ってどこか行くか迷っていたら、違うバスが来た。行き先は知らない町だ。また、軽い気持ちでバスに乗った。

　その終点でもまたバスに乗り、そのバスの終点でもまたバスに乗り、乗り換えを繰り返し、いつの間にか眠っていた。起きたら、バスは海岸沿いの通りを走っていた。海だ！　と浮かれて、降りてしまった。

　降りてから時刻表を見たら、次のバスは一時間後だった。乗り換えがうまくいっただけで、頻繁に走っているバスではないようだ。

　バスから見えた景色を考えて、ここは神奈川県だと思う。途中で遠くに横浜のランドマークタワーが見えた。もうすぐ三時半になる。色々な町を巡って四時間と少しかかったと考えると、神奈川県より先に来たということはないだろう。行っても静岡県との県境辺りのはずだ。でも、正確な場所が分からない。

　スマホで調べることはできる。しかし、電源を入れられない。

　確実に柴崎からストーカー並みに電話がかかってきている。「行きますよっ！」と言ってから四時間以上経《た》っているから、さすがに心配されているかもしれない。最初は、逃げやがったと思うだけでも、四時間以上連絡が取れなければ、いくら柴崎でも不安になるだろう。柴崎はなんとも思わなかったとしても、遅番で店長も出勤してきている時間だ。店長とタマちゃんはきっと、わたしを心配してくれている。タマちゃんがわたしのアパートに様子を見にいかされているかもしれない。

バイトのシフトが入っていることを忘れて、うっかり無断欠勤してしまった時、スマホの充電が切れたまま部屋で寝ていた。電話しても通じないから何かあったんじゃないかと思ってと言い、タマちゃんが来てくれた。

店長とタマちゃんのことを思ったら、申し訳ない気持ちで胸が痛くなってくる。

柴崎さえいなければ、わたしはもっとちゃんと働けるはずだ。わたしなりにちゃんとやろうとしているのに、柴崎がいちいちキレるからできなくなる。店長の甘さよりも、柴崎のバイトを力で支配する態度を本社に訴えたい。でも、タマちゃんや他のバイトに怒鳴ったことはないから、わたしが負けるだろう。わたし一人に対する集中攻撃として、パワハラされていると訴えたら、いいかもしれない。どうにかして、柴崎を本社に戻すか、他の店に異動させたい。

とりあえず今は柴崎のことを考えている場合じゃない。東京に帰る方法を考えるべきだ。

こうしている間に十五分くらい経ったし、このままバスを待つのがいいだろう。バスで終点まで行けば、電車に乗れる。あちこち巡ってきたから時間がかかったが、電車ならば二時間程度で帰れる距離のはずだ。そうであることを願っている。そうじゃなかったら、帰れなくなる。パスモのチャージがあと七百円くらいしかなかった。そして、カバンには財布が入っていない。完璧に用意して部屋を出たはずなのに、財布を忘れていた。唐揚げはパスモで買ったので、海に着いてから気が付いた。七百円で、東京に帰らないといけない。バスに乗ることを考えると、かなり厳しい額だ。

見知らぬ土地に来て、そこに住むお年寄り達と触れ合い、ごはんをご馳走《ちそう》になり、軽トラで近くの駅まで送ってもらい、お土産をもらう。別れ際にはちょっぴり涙を流す。そういうバラエティ番組的な展開が起こらないか期待してみたけれど、人が通りもしない。知らないおじいちゃんおばあちゃんと気軽に話せる社交性がないから、誰か通ったとしても無理な話だ。

たこ焼き屋で働いている時も、年寄りに話しかけられると、早く帰ればいいのにと思いながら愛想笑いだけ返す。スーパーの中を暇そうな年寄りがよく徘徊《はいかい》している。店員さんに話しかけて避けられると、たこ焼き屋の店先に来る。店長はわたしと同じように愛想笑いして、タマちゃんは聞いているフリしながら聞き流す。ちゃんと会話するのは柴崎だけだ。おばあちゃんっ子だったから、年寄りと話すのは得意だと前に話していた。

体育座りしていたサラリーマンらしき男の人が立ち上がり、海に向かって歩いていく。

　そのまま、海に入る気じゃないかと怖くなったけれど、波打ち際で立ち止まった。靴を脱ぎ、靴下を脱いでいる。今度こそ海に入る気かもしれないと思ったが、波と戯れ始める。ここにも五月病の人がいる。

　五月病の人が線路に下りて電車が止まったと勝手に決めてしまったが、本当はどうして線路に下りたのだろう。就職難や不景気で憂鬱《ゆううつ》な人はたくさんいる。でも、ほとんどの人が何もせずにやり過ごす。電車が遅れるのは毎日のことだし、止まることもしょっちゅうだ。当たり前みたいになってしまっているけれど、そこでは当たり前じゃないことが起こっている。たとえ、人身事故で人が死んだと聞いても、よくあることだと感じてしまう。

「すいません」

　しゃがんでぼうっと海を見ていたら、サラリーマンらしき男の人がすぐ横まで来ていた。

　わたしと同い年か少し上くらいだろう。社会人になって五年目というところだ。話しかけられたことより、顔がタイプで緊張する。目が一重で地味な感じだけれど、それがいい。スーツ姿だけではなく、肌の白さも海と合わなくて、逆に萌《も》える。運命の出会いかもしれない。電車が止まって、海に来て、わたしの人生が変わる。っていう映画みたいな展開が始まるんだ。化粧してきて良かった。もう崩れているが、すっぴんよりマシだ。

「何しているんですか？」サラリーマンはわたしの隣にしゃがみこみ、足についた砂を払い、靴下と靴を履く。

「海を見ていたんです」二年以上ぶりの恋の予感に声のトーンが上がる。

「辛いことでもあったんですか？」少し低めの声もかっこいい。

「ええ、色々と」

「海はいいですよね」

「はい」

実家は有明海で海苔の養殖をやっている。海を見ても感動しないし、心が晴れたりなんてしない。

バスから海が見えた時は、ついうっかり浮かれてしまっただけだ。浮かれる気持ちが消えると、じいちゃんと父親がお金のことで揉めて、ばあちゃんと母親が味噌汁《みそしる》のことでけんかしていた仲が悪い家族のことばかり思い出す。成績が良くて運動もできる弟と比べられ、猫だけが心の拠《よ》り所《どころ》だった。

憂鬱な海で白馬の王子様と会えるなんて、これこそ映画的展開だ。不幸な幼少時代は、今日のための前フリだったんだ。じいちゃん派のフリして欲しいものを買ってもらい、ばあちゃんにこっそりおやつをもらい、三回目の大学四年生まで仕送りしてもらい、弟とは今もメールするくらい仲良しで、そこまで不幸ではなかったけれど、不幸だったことにする。

「海、お好きなんですか？」わたしから聞く。

「はい。海にはパワーがありますから」

「そうですね」

パワーとか言っちゃう人はちょっと違うなと感じたが、今はまだ気にしないでいいことだ。お互いのことをよく知らないうちから些細《ささい》なことを気にするべきではない。

「何を悩んでいらっしゃるんですか？」彼は、わたしの顔をのぞきこんでくる。目の優しそうな感じもいい。見れば見るほどタイプだ。

「色々ありまして」

結構悩んでいるつもりなのに、考えてみると、何も出てこない。生活費が危ういこと と柴崎のことくらいだ。

「そうですよね。生きていくって大変ですから」

「何か悩んでいらっしゃるんですか？」

「僕は大丈夫です。海からパワーをもらっていますから」

「そうですか」

「パワーとか、興味ありますか？」

「パワーですか？」

今後の二人のために興味あると言った方がいいのだろう。でも、全然興味ない。

「よろしければ、これを差し上げます」

カバンの中から薄い冊子を出す。『悩みは解決されます』というタイトルが大きく書いてある。駅前で同じ冊子を持っている人を見たことがある。サラリーマンじゃなくて、新興宗教の勧誘だったようだ。海にいるというのはいい考えかもしれない。悩んでいる人を見つけやすそうだ。こういう顔がタイプの女子はわたし以外にもいるだろうし、わたしだって死のうと考えていた時だったら、冊子を受け取ったかもしれない。

「いいです。大丈夫です」立ち上がり、一歩一歩退く。

「そう言わずに、もらってください」追いかけてきて、わたしの腕を摑《つか》む。

その骨張った手の感じとか、長い指もタイプだけれど、新興宗教だけは入ったらいけないとばあちゃんに言われている。

「大丈夫です」

「冊子だけでも」目つきがさっきと変わる。大きく開いた目に吸いこまれそうになる。

「いりません」

「じゃあ、僕とホテルに行きましょう。その先にあります」海岸沿いの通りを指差す。

「はい？」

「僕からあなたに入るパワーを感じてください」

「気功とかそういうやつですか？」

「近いです」

「じゃあ、ここでもいいじゃないですか？」

「裸にならないといけないので、外ではできません」

「ええっ？　裸って？」

パワーと言いつつ、セックスしようと言われているんだ。新興宗教ではなくて、新手のナンパなのだろうか。ナンパだったら、もっと普通にしてほしかった。

「僕のパワーをあなたに分けてあげたい」

「あなたが教祖様とか神様っていうことなんですか？」

「教祖様は他にいます。僕は預言者です」

「へえ、教団で偉い人なんですか？」

やっぱり新興宗教だ。怖いけれど、おもしろい。

「はい。教祖様よりいただいたパワーを僕も持っています。あなた、顔色が悪い。僕と交われば、元気になれます」

「それって、セックスですよね？」

「違います」

「あれ？　違うんですか？」

「行為は似ていますが、違います」

「そうなんですか？」似ているならば、セックスだろう。

「早く、行きましょう」

「いえ、大丈夫です。わたし、実は同業です」

わたしの腕を摑んでいる彼の手を両手で摑み返す。正面から顔を見ると、パワーでもなんでもいいから一回やりたい気がしてしまう。

「えっ？　どちらですか？」

「申し訳ないけれど、他教団の方にはお教えできません。せっかくのご縁ですが、残念です」

ただ逃げようとしても逃げられない。最も利益がない相手だと思わせるのがいいだろう。

「そちらよりうちの方があなたに合っているはずです」

「わたしもそれなりの立場です。お分かりになるでしょう」

「はい。申し訳ありませんでした」

手に入っていた力が抜け、自然と離れる。

「今日は久しぶりに施設を出て、海を見にきたんです」海の方を向いて並んで立つ。

「やはりお辛いのではないですか？」

「そうですね。楽しいことばかりではありません。でも、今のわたしが楽になるために仕えているわけじゃないので。全ては来世のためです」

「そうですね。失礼いたしました」

「お会いできて良かったです。先に失礼しますね」手を振り、砂浜を走って逃げたい気持ちを抑え、静かに歩く。

海岸沿いの道を渡って路地に入り、浜辺が見えなくなってから、深呼吸する。落ち着いたら、やっちゃっても良かったなという後悔が浮かんだ。あんなにタイプの顔と見つめ合えることなんて、この先ないかもしれない。身長や体格も理想的だった。パワーを入れてもらえば良かった。でも、入れてもらったら、逃げられないだろう。それに、入れるって生でやる気なのだろうか。普通じゃないセックスをさせられるかもしれないし、ホテルでは二人きりじゃないかもしれない。逃げて良かったんだ。

路地の先に電車が走っているのが見えた。駅が近くにあるようだ。踏切の音が聞こえる。


電車に乗られたおかげでパスモの残金七百円と定期券を使い、無事にたこ焼き屋が入っているスーパーまで辿りついた。思った通りに神奈川県内だったけれど、思ったより遠くまで行っていなくて、一回乗り換えて一時間半かからない距離だった。

「永山さん、何やっていたんですか？」タマちゃんが言う。

スーパーの従業員口から入り、たこ焼き屋の方へ行こうとしたら、ちょうどタマちゃんが上がりの時間で帰るところだった。たこ焼き屋へ行くのはやめて、二人で休憩室に来た。

「大変だったんだよ」

「二人とも、これ食べる？」

隣のテーブルに座る総菜売り場のおばちゃんが饅頭《まんじゅう》をくれる。おばちゃん達が集まり、お菓子やお茶を広げている。

休憩室はスーパーの従業員と共用だ。テーブルが四つあり、入口に近い左側のテーブルをスーパー以外の店舗の従業員が使う。決まっているわけではないが、自然とそうなっている。前はスーパーの従業員と話すことはあまりなかったけれど、三年目になればお互いに顔見知りになり、最近はお土産をもらったり、スーパー内の噂話を聞いたりするようになった。

「ありがとうございます。どこか行ったんですか？」

「温泉」

「わあっ。いいですね」

おばちゃん達と話すのは苦手だが、愛想良くしておいた方がいい。スーパーの社員は男性が多いけれど、パートやアルバイトは女性が多い。睨《にら》まれたら、いいことはない。

「これもあげる」他のおばちゃんがクッキーをくれる。

「ありがとうございます」タマちゃんが言うと、おばちゃん達は嬉《うれ》しそうにする。

わたしはタイプではないけれど、タマちゃんはキレイな顔をしている。身長が高くて細くて、モデルみたいだ。たこ焼き屋よりももっと儲《もう》かるバイトがあるんじゃないかと思う。パートのおばちゃん達の間では、みんなの息子と言われているらしい。更衣室で着替えていたら、スーパーでアルバイトする高校生や大学生の女の子達に話しかけられて、「彼女いるんですか?」と探りを入れられたこともある。

タマちゃんに彼女はいない。でも、彼氏はいる。

見た目は男だし、性別も男だし、女になりたいわけじゃない。けれど、好きになるのは男。そういうことらしい。パートのおばちゃんやアルバイトの女の子達には、内緒の話だ。店長や柴崎やたこ焼き屋で働く他のアルバイトも知らない。

わたしはバイトが終わってタマちゃんと一緒に帰っている時に、偶然彼氏と会って紹介された。背が高くて、体格がいい強そうな人だった。話している二人を見て、友達ではないいんだなと感じた。タマちゃんが軽い感じで「彼氏」と言い、わたしはなぜか泣きそうになった。いつもわたしの話を笑って聞いてくれるだけのタマちゃんが、秘密を話してくれて安心した。

朝番でわたしが遅刻しても、タマちゃんは他のアルバイトみたいに、怒ったり呆れたりしない。辛いことがあって人より早く大人になってしまったのかもしれないと思うと、その手を握りしめたくなった。

「それで、どこ行っていたんですか？」タマちゃんはクッキーを食べる。

「海。お土産はないよ」

「そんなもの期待していませんけど」

「もうさ、大変だったんだよ」饅頭を食べる。

唐揚げを食べてから何も食べていない。移動することに夢中になり、昼ごはんを忘れていた。思い出した途端にお腹がすいた。饅頭とクッキーだけでは満たされない。

「海って、どこまで行っていたんですか？」

「神奈川。それよりさ、お腹すいた」

「なんか、買ってきますか？」

「うん。申し訳ないのだけど、千円ほど貸してもらえるかな？　財布忘れちゃって。いや、五百円でいい」

先月の給料日前にタマちゃんから五千円借りた。三千円しか返していない。

「いいですよ。おごります」

「それは悪いよ」

「たこ焼きにしましょう。僕が買ったのを永山さんに分けるってことで」

「それなら、甘えちゃおうかな」

「じゃあ、いってきます。待っててくださいね」

「お願い」

タマちゃんは休憩室から出ていく。

「付き合ってんの？」隣のテーブルのおばちゃん達が話しかけてくる。

「違いますよ。そんなんじゃないですよ」

「本当に？」

「あんないい男がわたしを相手にするはずないじゃないですか？」

「それも、そうよね」おばちゃん達は大爆笑する。

「そうですよ」おもしろいことは言っていないが、いいだろう。

「永山さんには柴崎君がいるから。付き合ってるんでしょ？」さっきとは違うおばちゃんが言う。

「それは、もっとないです」

「だって、仲いいじゃない。男前だし、羨《うらや》ましい」

「ええっ！　男前ですか？」

「かっこいいじゃない。うちの旦那と交換したいくらい」また大爆笑する。

「そうですか」何を言っても無駄だから、余計なことは言わない方がいい。

「そろそろ帰らないと。夕ごはんの準備があるからね。主婦は大変」休憩ではなくて、仕事が終わってお茶を飲んでいたようだ。

「お疲れさまです」

「お疲れさま」

おばちゃん達が出ていき、休憩室にいるのはわたしだけになる。

ここでバイトを始めた頃は漠然と、わたしも将来はおばちゃん達みたいになるんだろうなと思っていた。普通レベルのサラリーマンと結婚して、子供を産んで、スーパーでパートする。お菓子を食べながら噂話をするのが楽しみで、若い男の子を見てはしゃぐ。なりたいかなりたくないかだったら、なりたくないと思い、バカにした目で見ていた。でも、最近では、ああもなれない気がしている。

まず結婚ができない。それ以前に彼氏ができない。その上、仕事もない。八月の誕生日で二十七歳になる。いつまでフリーターなんだろう。せめて就職したい。けれど、就職してやっていける自信がない。遅刻してもいい仕事って、あるのだろうか。

海に行ったせいで、耳の奥でずっと波の音が鳴っている。さっき見た海ではなくて、海苔の養殖場が並ぶ有明海の波の音だ。実家の養殖業は父の代で終わる。弟が他にやりたいことがあると言い、父が決断した。帰っても仕事もないし、居場所もない。東京でどうにかするしかなかった。

休憩室のドアが開く。

「お前、何やってんだよっ！」

たこ焼きを持って入ってきたのは、タマちゃんじゃなくて柴崎だった。

「げっ」

「ごめん」柴崎の後ろからタマちゃんが顔を出す。


わたしの正面に柴崎が座り、隣にタマちゃんが座る。

正面からじっくり見れば見るほど、おばちゃん達が男前と言った意味が分からなくなる。ちょっと離れてぼんやり見ても、柴崎は男前ではない。なんと言うか、昭和っぽい顔をしている。昔の熱血ドラマに出ていそうな、暑苦しさが全身から漂う。男前と言えば男前かもしれないが、今の時代のかっこいい顔ではない。

「海に行くなんて、辛いことでもあったのか？」柴崎が言う。

細かく説明するのが面倒くさくなり、電話を切った後すぐに海に行ったことにして話した。

「違いますよ。辛いことがあって海に行くって、なんですか？　柴崎さんは行くんですか？」

　話しながら、新作の柚子《ゆず》こしょうマヨネーズたこ焼きを食べる。あっさり食べられてまずくはないけれど、普通のソース味が一番好きだ。

「辛いことでもなきゃ、一人で海になんか行かないだろ？」

「何それ？　えっ、柴崎さんも宗教の人ですか？」

「なんだよ、それ？」

「なんでもないです。お茶淹《い》れてきますね」

「僕、淹れてきますよ」タマちゃんは立ち上がり、休憩室から出ていく。隣に給湯室がある。

「お願い」たこ焼きをもう一つ食べる。「でも、ほうれすね。ふらふぁったのふぁもひれまへん」

「何言ってんだよ。食ってから喋《しゃべ》れ」

「でも、そうですね。辛かったのかもしれません」飲みこんでから、はっきり言う。

　山に行こうと決めた時の心理は高揚していてよく分からなかったが、そういうことだったのだろう。店長とタマちゃんに悪いと思いながら、どうにかして柴崎から逃げたかった。

「歯に青のりついてるぞ」

「見ないでください」口元を手で覆う。「これ、青のりいらないいんじゃないですか？」

飾りだけの味がしない青のりだ。

「それで、何が辛いんだよ？」

質問は流されてしまった。

「毎日、毎日、鉄板の上で焼かれることがです」

「それ、鯛《たい》焼きだろ」

「はい」『およげ！たいやきくん』を歌う。

「お前、焼いてる側だし」

「はい」

「店のおじさんは店長か？」

「いやいや、自覚ないんですか？」手を口元から離し、顔の前で大きめに振る。

「何が？」

「店のおじさんは柴崎さんですよ！　けんかして海に飛びこみたくなったんです」

「飛びこんじゃえよ」

「酷《ひど》いっ！」下を向いて両手で顔を覆い、泣き真似《まね》をする。

お腹いっぱいになって、身体も温まったら、眠くなってきた。説教されている最中だけれど、このまま眠りたい。寝ても寝ても、眠い。そういう病気だったりしないだろうか。不眠症の逆もあると前に誰かが話していた。それかもしれない。でも、そこまで深刻な話じゃないことは、自分が一番よく分かっている。欠伸《あくび》をして、眠さを緩和する。

「あれ？　どうしたんですか？」タマちゃんが戻ってくる。「永山さん、泣いてるんですか？」

「ううん、なんでもない」顔を上げて、首を横に振る。欠伸によってこぼれ落ちた涙を指先で拭《ぬぐ》う。

三人分のお茶をテーブルに並べ、タマちゃんはわたしの隣に座る。

「泣かしたんですか？」タマちゃんは柴崎に言う。

「泣いてねえだろ」柴崎が言う。

「いいの、タマちゃんは気にしないで。ありがとう」

お茶をもらう。歯についた青のりが取れるように、口の中に溜めてから飲みこむ。

「お前さ、マジでこれからどうすんの？」お茶を一口飲んでから、柴崎はわたしに向かって言う。

「どうもしません」嫌な話になってきた。

柴崎とわたしに厳しい主従関係ができたのは、こういう話をするようになってからだ。

一緒に働き始めて一年くらいは、バカな話しかしていなかった。仕事中に冗談を言い合い、飲みに行って大笑いできる友人だった。わたしが遅刻しても、呆れるだけで、怒ることはなかった。二人で飲みに行った時に「今後のこととか、考えてるの？」と聞かれ、いつもの軽い調子で「考えてないよ」と答えたら、長い説教が始まった。最終的に「お前、今のままじゃ駄目だ！」と断言され、今のような関係になった。

それから仕事中に冗談を言うことは許されなくなり、たこ焼きを返すスピードが遅いと怒られるようになった。つり銭を間違えた時に書く始末書を添削され、シフト変更を希望したら「どうして？」と詰問され、遅刻は怒鳴られる。飲みに行こうと誘われることはなくなったし、誘われても行く気はないが、みんなで行く時に柴崎も来る。楽しく飲みたいのに、最終的に一対一で説教される。

素面《しらふ》の時には、自分の学歴と部活やボランティアでの活躍ぶりを自慢してくる。酔うと、どれだけ女にもてるかという話になる。

こんな独善的な男が彼女に優しいとは思えないから、女に関する話は一方的な思いこみだろう。でも、わたし以外のアルバイトの女の子には優しいから、彼女にも優しいのかもしれない。どっちにしても、一年半前から彼女がいない。そして、柴崎の恋愛なんか興味がないから、どうでもいい。学歴や部活やボランティアの話もどうでもいい。立派だとは思うが、それは柴崎の人生であり、わたしの人生には関係がないことだ。

「ずっとバイトしていくの？」柴崎は苛立《いらだ》っていて、人さし指でテーブルを叩《たた》く。

「とりあえずは」

「社員目指すとか、考えないの？」

「考えていません」

たこ焼き屋で社員になろうと考えたことはある。

アルバイトを一生懸命やっていれば、社員登用の試験を受けられる。店長になると、それなりに給料をもらえるようだ。改めて就職活動して新しい仕事を探すより楽だし、ここで社員になるのがいいと思った。でも、具体的に考えると、無理だと感じて、すぐに諦めた。社員になったら、たこ焼きを焼いているだけではない他の仕事もたくさんある。発注やシフト作りに悩んでいる店長を見て、わたしにはできないと早々に判断した。

二年以上食べつづけても飽きないくらいに店のたこ焼きは好きだが、たこ焼き屋になりたいわけじゃない。なりたくないわけじゃないけれど、なりたいと言えるほどではなかった。軽く考えるのは、店長や柴崎に対して失礼だ。

だからって、他になりたいものもない。子供の頃はアイドル歌手になりたかったが、なれるはずがないのは小学校高学年になるより前に分かった。それ以外に何かになりたいと思ったこともなかった。東京に出てきたのも、高校の友達みたいに何か希望があったわけじゃない。みんなが行きたいと話しているし、親も仕送りをしてくれると言うから出てきた。遠い将来で何をするかより、今日どうするかだけを考えていた。いや、今日のことも考えていなかった。山に行こうと思って海に行ってしまったように、行き当たりばったりで進んできた。わたしが今いるのは行き止まりで、進める先がもうない。海に行ったのと違い、戻ることもできない。

「あれ？　永山さん来てたんだ」店長が休憩室に入ってくる。「どうしたの？　今日。何かあった？」

「大丈夫です。すいませんでした」

柴崎に怒られるより、店長に優しくされる方が辛い。

「いいよ、いいよ。店はタマちゃんが開けてくれたから、大丈夫だったし。今度からは連絡してね」

「はい、すいません。次は気をつけます」

「大丈夫だから」わたしの背中を店長は優しく叩いてくれる。

「ありがとうございます」

「柴崎君、本社から電話が入ってるんだけど」

「えっと、後で折り返すって伝えてもらえますか？」

「了解」もう一度わたしの肩を叩き、店長は休憩室から出ていく。

明日から真面目《まじめ》に働こうという気持ちが芽生える。

でも、芽生えただけで今日の夜にはしおれる。がんばろうと決意して、決意を忘れる。その繰り返しだ。

今日は珍しく、朝まで決意が残っていてがんばって起きた。一日うまくいくと思っていたのに、腹痛と電車が止まったせいで、がんばろうという気持ちも折れた。ただ、何かのせいじゃないことも分かっている。全部、わたしのせいだ。わたしがだらしないからいけないんだ。起きられないからいけないんだ。わたしの人生がうまくいかないのは、わたしのせいだ。

本気で考えたら、気持ちが暗くなってきた。死のうなんて思わないけれど、このままだとまた思うかもしれない。

「それでさ、これからどうすんだよ？」わたしの気持ちなんて構わずに、柴崎は話を戻す。

「分かりません」

「タマちゃんだって、迷惑してんだろ？」

「いや、僕はいいです」タマちゃんが言う。

「ごめんね。タマちゃん」泣きながらタマちゃんに抱きついて謝りたいくらいだが、涙は落ちない。

辛くて悲しくて悔しくて泣きたいことはたくさんあるのに、何年も泣いていない。泣く以外でも感情を出すのが苦手だ。柴崎に怒られて冗談で言い返すことはできても、本音を語られると、黙ることしかできない。

二回目の大学四年生の頃からだ。それまでは彼氏とけんかして怒ったり、友達の恋バナに泣いたりしていた。誰かに傷つけられたわけでもないけれど、今年は卒業しろよとか、いつまで大学生なんだよとか言われるごとに愛想笑いを返し、少しずつ気持ちが麻痺《まひ》していった。向こうは悪気があって言ったことじゃないと分かっていたから、そう言われるのが嫌だと言えなかった。三回目の大学四年生の五月に飛び降りて死のうと考えた時には、わたしの心は壊れてしまっていた。

なんてシリアスっぽく考えても何も解決しない。大人になるっていうのはきっとそういうことだ。子供みたいに泣いたり騒いだりできなくなる。

「今後は遅刻しないようにします」柴崎に言い、残りのお茶を飲む。

「お前、それ言うの何回目だよ」

「さあ、十回目くらいですかね」

「明日、遅刻すんなよ！」

「がんばりまぁす」

「まぁすじゃねえよ。がんばる気なんてないだろ！」

「じゃあ、柴崎さんが起こしに来てください」

「はあっ？」

「そんなにちゃんと来てほしいなら、アパートまで迎えに来てくださいよ。明日、待ってますね」

シリアスに考えるより、こうして茶化していた方がいい。それで今までどうにかなってきたのだから、この先もどうにかなる。

「オレ、明日は本社行くから」

「そうなんですか？　明日、店に来ないんですか？」

「喜んでんじゃねぇよ」

「喜んでませんよ。寂しいな」できるかぎりの寂しさをこめて言う。

「遅刻してないか、お前の出勤時間に電話かけるからな」

「携帯にかけてください」

「それじゃ、意味ないだろ」

「店に私用電話は困ります。わたし達、付き合ってるって噂されているみたいだし」

「誰に？」立ち上がり、柴崎はテーブルに両手をつく。

「スーパーのおばちゃん達に」そんなに反応するとは思わなかったから、ビックリした。

「だったら店にかけても問題ないだろ」

「おばちゃん達の情報網を甘く見ない方がいいですよ。うちのアルバイトもみんな知ってますよ。わたし達が付き合ってるって」

「そうなのか？」柴崎はタマちゃんに聞く。

「えっ？　付き合ってるんですか？」

タマちゃんは噂に疎い。おばちゃん達の話を聞いても憶えていない。

「いや、いいや」座り直し、柴崎は右手でおでこに触る。

言葉に詰まった時にやる癖だ。しかし、付き合ってねえよ！　で済むところで、そんなに考えるほどのやり取りはしていない。

「どうしたの？」わたしが聞く。

「なんか、おまえと話すの疲れた」溜め息をつきながら、言う。

「ふうん」

「もう好きにしろよ」本気で呆れられてしまったようだ。

「するよ。タマちゃん、帰ろう」

「いいの？」心配そうな顔で、タマちゃんはわたしと柴崎を見る。

「いいよ。帰ろう」食べ終わったたこ焼きのパックと割り箸をゴミ箱に捨てる。

「お先に失礼します」タマちゃんが言う。

柴崎は返事をしないで、頭を抱えるようにしておでこを触っていた。

わたしも何も言わずに休憩室を出た。

スーパーの従業員口から出て、自転車置場に行くタマちゃんについていく。近くにある小学校から夕方六時を知らせる『新世界より』が聞こえた。

「柴崎さん、本社に戻るんじゃないんですか？」自転車の鍵を外しながら、タマちゃんが言う。

「そうなの？」

「最近、本社に行くことが多いし、電話もよくかかってきますよね」

自転車置場から出て、駅まで歩く。

タマちゃんは柴崎のことをよく見ている。好きなんだと思う。

彼氏のことは好きだけれど、利害一致という関係でもあると前に話していた。一番好きな人は自分のことを好きになってくれないとも話していた。どんな人を好きでも、タマちゃんはタマちゃんで、わたしはなんとも思わない。でも、そうじゃない人もいる。柴崎は、タマちゃんの気持ちを受け止められない。

「寂しくなるね」

わたしが言うと、タマちゃんは少しだけ笑った。キレイな顔に見惚《みと》れる。この子も、人前で泣いたりしない。きっと、わたしよりずっと前から感情の出し方を忘れてしまっている。

「永山さんはどうするんですか？」

「何が？」

「これから」

「タマちゃんまで、そういう話するんだ」

「僕もあと一年ですよ。ちゃんと四年で卒業しますから」

最初に会った時、タマちゃんは大学二年生だった。いつまでもそのままの気がしていたが、時間は経っている。

「永山さんは永山さんが思ってるほど、残念な人じゃないですよ」

「わたし、自分のことを残念な人って思ってないよ」

でも、思いこもうとはしている。残念な人で、何もできないというフリをしていた方が人生は楽だ。柴崎みたいに仕事に意欲があり、なんでもできる人になりたいという人生は大変だろう。

「永山さんの残念さは、僕と柴崎さんに支えられてるんですよ。分かってますか？」

「だから、残念じゃないって」

「店長の優しさなんか、優しさじゃないですよ」

「分かってるよ」

柴崎が怒って、タマちゃんがフォローしてくれるから、やっていけている。二人がいなくなり、店長に優しくされて甘えるだけになったら、ただの駄目人間になってしまう。店長の優しさも優しさだとわたしは思うけれど、人を駄目にする優しさだ。

すぐにということはなくても、来年か再来年には柴崎は本社に戻る。怒られるのは嫌だし、本社に戻ればいいと思っているが、いなくなったら困るかもしれない。誰からも何も言われなくなったら、どうしたらいいんだろう。グダグダのフリーター生活が許されてしまい、この先もどうにかなるなんて、笑っていられなくなる。

「さっきのたこ焼き、柴崎さんのおごりですからね？」

「そうなんだ」

「明日、ちゃんとお礼言った方がいいですよ」

「明日、いないって言ってたじゃん」

「そっか。じゃあ、明後日《あさって》」

「うん」多分、言わないし、言えない。

「連絡が取れなくて、すごい心配したんですよ」

「ありがとう」これだけのことを柴崎に、どんな顔して、どんなタイミングで言えばいいか分からない。

「僕じゃなくて、柴崎さんです。僕は永山さんが何をしても、心配なんかしません」

「何それ？　酷くない？」

「永山さんは大丈夫な人だから。何があっても動じないから」

「そんなことないよ」

「ありますよ」

「そうかな」

タマちゃんが言うなら、そうかもしれない。そう思ってわたしになんでも話してくれるならば、それでいい。

「柴崎さんは動じる人ですからね。何度も電話かけて、繋がらないから警察に捜索願いを出した方がいいって言い出して、佐賀の実家に連絡しようとしたりもして。止めるの大変でした」

「そう」逃亡したことに対する罪悪感で今更胸が痛くなった。心配して大騒ぎしている柴崎の姿を、想像できる。

「永山さんが来たって報告した時の柴崎さんの顔、見せてあげたかったな」

「いいよ」

柴崎は怒る時や心配する時以上に、喜ぶ時は大袈裟《おおげさ》だ。大学生のアルバイトが就職が決まったとか、卒業が決まったとか報告すると、誰よりも喜ぶ。本人は本社に戻りたいみたいだけれど、そういうところは、店舗向きだと思う。

「明日は遅刻しないでくださいね」

「任せて」

「じゃあ、お疲れさまです」

「働いてないけどね」

「そうでしたね」タマちゃんが笑う。

「じゃあね」

「はい、また明日」

駅前で手を振り合って、別れる。

改札を抜けて、階段を上がる。ダイヤは通常に戻っているようだ。

この時間の駅はすいている。住宅街だから降りる人は多い駅だけれど、夕方から乗る利用者は少ない。これからデートなのか、合コンなのか、ベンチに座って化粧直しをしている女の子がいる。もうすぐ電車が来そうだから、立って待つ。

ホームでも、バスの中でも、寝てばかりいたのに、疲れている。

やっぱりベンチに座ろうかと思ったけれど、座ったら寝てしまいそうだ。起きたら夜になっているだろう。

少しの間だから我慢しようと思っていたら、電車が来た。

混んでいたが、ちょうどわたしが乗った扉の近くに座っていた人が降りた。他の誰かが座ると思ったのに、座らない。周りに立つ全員が探り合うような空気を発している。あいているのに、誰も座らないのはもったいない。探り合っている空気は無視して、座らせてもらう。

座った途端に、一日の疲れや緊張が足の先から抜けていく感じがした。海から戻ってくる電車でも、スーパーの休憩室でも座っていたけれど、知らない土地や柴崎に対する緊張で身体が硬くなっていたようだ。眠らないように、中吊《なかづ》り広告を読む。アパートに帰ったら、お風呂にお湯を溜めて入ろう。

次の駅に着き、扉が開く。

前に立っていた人が降りて、腰の曲がったおばあさんが乗ってくる。わたしの前に立つ。席を譲ってほしいという視線と、周りに立つ人からの譲れよという視線を感じる。寝たフリしたいが、それは危険だ。確実に寝過ごす。

「どうぞ」立ち上がる。

「いいんですよ」おばあさんが言う。

「すぐ降りるんで」

「ありがとう」

座ったおばあさんが笑顔になって、いいことをしたんだと思ったら、気持ちが軽くなった。寝たフリして気まずさを抱えるより、楽だった。

「どういたしまして」

席から離れ、扉に寄りかかって立つ。

洗濯をして、掃除もしよう。朝までかかるかもしれないが、できるだけのことをやろう。お風呂に入るためには、まずお風呂場を掃除しないといけない。記憶にはなくてもレンタルＤＶＤがあるはずだから、探し出そう。延滞料が怖いけれど、これ以上かさむのはもっと怖い。

それで、明日は遅刻せずにバイトへ行く。柴崎が電話をかけてくる前に、わたしからかける。

マンションや家が並ぶ向こうに夕陽が沈んでいく。

オレンジ色に染まっていく空に、ピンク色の雲が浮かんでいる。

キレイだなと思ったら、涙がこぼれ落ちた。

デザイナーは、電車の中

トイレに行きたい。

ちょっとヤバいかもしれない。結構ヤバいかもしれない。

これが腹痛であれば、波がある。今ヤバくても、数分後にはおさまる。またピークがやってくるかもしれないが、そのピークもいずれ去る。しかし、残念ながら、俺を悩ませているのは尿意だ。膀胱《ぼうこう》が張り裂けそうになっている。これにピークはない。水分を摂《と》っていなくても、膀胱というタンクには液体が溜《た》まっていく。

電車に乗る前から兆しはあった。

トイレに行っておこうかなと思いもしたが、ここまでではなかった。まだ我慢できる程度であり、急を要さないと判断した。十五分もかからないから、降りる駅で行こうと決めた。降りる駅は終点で、広くてキレイなトイレがある。そこでトイレに入り、身だしなみを整えた方が落ち着いて午前中の予定に向かえる。

それなのに、電車が止まった。駅と駅の間で動かなくなった。

五分くらい前に「線路内立ち入りのため停車しています」と、車内放送が流れて、それから何も案内がない。運転士と車掌が何か確認し合っているような声が一瞬だけ流れたが、隠語で意味が分からなかった。人身事故ではないならばすぐ動くだろうと思ったのに、動かない。

カバンからスマホを出して時間を確認する。八時十五分だった。本来ならば、駅に着いている時間だ。

七時五十八分の電車に乗り、一駅進んで、二駅目に着く前に止まった。周りの景色から考えると、駅と駅のちょうど真ん中くらいだ。俺が乗ってから電車が動いていた時間は三分くらいで、八時をほんの少し過ぎた頃に止まったのだろう。まだ十五分しか経《た》っていないが、もっと長い時間が経った気がする。

車内は満員まではいかないけれど、混み合っている。あいている席はなくて、ドアに寄りかかれる四隅も埋まっている。押し合うほどではなくても、身動きはとりにくい。座っていられたら、スマホで仕事したり、ニュースを確認したりできる。立っていてもできるが、破裂しそうな膀胱を抱えている身だ。スマホに集中している時に突然電車が動き出したら、一気に流れ出るかもしれない。

大きい方を漏らしたら、硬さによってはボクサーパンツの中におさめておける。においという問題はあっても、自分ではないという態度をとれば、どうにかごまかせる。

ごまかせない可能性の方が高いけれど、その逆もゼロではない。小さい方を漏らしたら、どんなにがんばってもごまかせない。

だいたい、大とか小ってなんなんだよ。大の方は分かる。でも、小に大きさなんてない。液体なのに、大とか小とか言うのは変だ。漢字をあてはめるならば、少だ。それとも、小というのは俺の勘違いで、少なのかという気もしてくるが、大便小便と言うし、トイレのレバーにも大小と書いてあるから、やはり小だ。小の方で水を流す人っているのだろうか。俺は大も小も、大で流す。そもそも、便と言うのも、変に思えてきた。どこからの便りなんだ。内臓から体調についてのお知らせということか。

関係ないことを考えてみても一向に尿意はおさまらない。前に座っているOLらしき女の子に向かって放出するというスカトロプレイを妄想してみても、そんな趣味はないし、何もおもしろくない。

尿意よりまずいのは今日の午前中の予定だ。

九時から、大学で一緒だった砂川《すながわ》が働く高松《たかまつ》デザイン事務所の所長の高松さんを紹介してもらう。忙しい人だからなかなか会えないと言われたのだけれど、朝食ミーティングの予定が中止になったらしく、三十分だけ時間をとってもらえた。会う前にコーヒーショップに寄って持ってきたデザインを見直そうと思い、余裕を持って出てきたからまだ大丈夫だが、これ以上止まっていたらまずい。

高松デザイン事務所はこの路線の終点にある。駅を出て広い公園を抜けた先で、歩いて十分と少しかかる。約束の九時に着くためには、八時四十五分には駅に着きたい。八時半には電車が動き出さないと、間に合わなくなる。

あと十五分あるし、動くだろうと思っても、動く気配がない。ここに止まっているのが当然になってきている。

乗客のほとんどがスマホやタブレットを見ているか、寝ている。スマホやタブレットで止まった原因を調べている人もいるのだろうけれど、いつもの電車内の風景と変わりがないように見えた。隣に立つサラリーマンらしきおっさんは、必死の形相でゲームをやっていた。俺より十歳は上に見える。三十代半ばから後半くらいだ。その年齢で、この状況でゲームをやっていられるなんて、会社では大した立場にいないのだろう。他の乗客にも焦っている空気はない。内心では焦っているのかもしれないが、騒ぎ出す人はいなかった。

外は晴れていて、窓から差しこむ陽射《ひざ》しは穏やかだ。開いた窓から爽《さわ》やかな風が吹きこんでくる。

心地良すぎて、天国行きの電車に乗っている気分になった。そんなものないのは分かっているけれど、こういう春とも初夏とも言える暖かい日にたくさん人が集まってのんびりしているのを見ると、天国ってこういう感じだろうなと思う。そして、それは同時に牢獄《ろうごく》だとも感じられる。この穏やかな空気を壊すことは許されない。ここから出ることもできない。

反対側の線路も電車が走っていない。上下線が止まっているようだ。ドアか窓を開けて出ていきたい。近くに公園かコンビニくらいあるだろう。まずはトイレに行き、広い通りに出てタクシーに乗れば、間に合う。

突然電車が動いても流れ出ないように膀胱に注意しながら、スマホを見る。電車の運行状況について何か書いていないか、ツイッターで検索をかける。しかし、路線の公式アカウントには〈運転、見合わせ中です〉としかなくて、乗客や駅にいる人達のツイートは〈止まってる！　遅刻決定〉〈マジ使えない〉〈飛びこむなら人に迷惑かけない時間にしろ〉〈迷惑かけたくて飛びこんだんだろ〉〈いっそ、死んどけよ〉という使えない情報しか見つけられなかった。とりあえず、飛びこんだ人は死んでいないらしい。

死んどけよとは思わないけれど、死んでくれた方が良かったとは思ってしまう。遅刻した場合の言い訳として、線路内立ち入りではインパクトが弱い。自分が乗っていた電車が人を轢《ひ》いたくらいのことだったら、話題性もあるし、大変だったねと言ってもらえそうだ。

こんな穏やかなところでのんびりしているのとは違う大変なことが起こってほしかった。破裂寸前の膀胱を抱えて、俺個人は大変だけれど、電車内に緊張感がない。テロに遭ったとか、無差別殺人が起きたとか、そこまでいかなくていいから、人に説明した時に盛り上がる感じになってほしい。

八時半を過ぎた。

たとえ、今すぐに電車が動き出しても、スムーズには進まない。前の電車も詰まっているし、この電車は各駅停車だから急行が優先される。せめて一駅先まで行けば、タクシーに乗れると思ったが、ツイッターを見た感じではそれも無理そうだ。駅に人が溢《あふ》れ、バス乗り場やタクシー乗り場がパニックを起こしているらしい。

遅刻は俺のせいではない。状況にインパクトがなくても、普通の転職の面接だったら、許してもらえるだろう。でも、今日は普通の転職の面接ではない。高松さんが時間に厳しいのは有名な話だ。三十分を無駄にさせた罪は重い。

もう駄目だ。

そう思ったら、身体に入っていた力が緩み、出たらいけないものが出そうになった。

身体に力を入れ直し、スマホをカバンにしまう。

高松さんに会えるのは、二年以上待ちつづけたチャンスだった。

二年一ヵ月と少し前、俺は都内にある芸術大学を卒業した。芸術大学の中でもレベルが高く、浪人しないと入れないと言われている大学だ。俺はそこの美術学部デザイン学科にストレートで入学した。留年せず、卒業もストレートで決めた。卒業生には大手広告代理店に就職する人が多くいて、フリーで活躍する人も多い。当然、俺もそのうちの一人になるはずだった。

子供の頃から絵がうまかった。神童、天才と言われつづけた。絵画コンクールで金賞を獲《と》るなんていうのは簡単すぎて、嬉《うれ》しくもなんともなかった。才能というやつであり、大人になったら廃れると思われていたらしいが、俺は中学生になっても高校生になっても、いつまでも絵がうまかった。長野の田舎《いなか》としか言いようがない町で育ったのに、センスも良かった。父親は平凡なサラリーマンで、母親は親戚の畑を手伝っている。姉ちゃんは松本市の短大を卒業して、信用金庫に就職した。ごく普通の家庭で、特別な教育は受けていない。それでも、俺は絵がうまくてセンスが良かった。

自分は他の奴《やつ》らとは違うと小学校低学年の頃には気がついた。絵だけではなくて工作も得意だったし、運動や勉強もできた。その上、顔もいい。身長が百七十に届かずに止まったことを認めないといけなくなった高校三年生の夏の終わりに、人生初の敗北を覚えた。

俺が特別なのは長野の田舎だからということは、忘れないようにした。東京に出れば、すごい奴はたくさんいる。受験だって甘くないと考え、絵の勉強も受験科目の勉強も手を抜かないようにした。ストレートで受かったのは、努力の結果だ。

大学に入って東京に出てきた。すごい奴がたくさんいるんだろうなと思ってワクワクしながら行った大学は、そうでもなかった。俺と同じ地方出身者ばかりだ。しかも、何年も浪人して、若さを失っている。とても二歳か三歳上とは思えないおっさんみたいな同級生がたくさんいた。見た目がいい奴もいたけれど、そういう奴はどうやって大学に入ったか分からないくらいセンスがなかった。芸術と言って、わけが分からないものを作っている奴もいた。

変な奴が多かったし、みんなで酒を飲んだりするのは楽しかったが、ここに染まったらいけないと常に感じていた。友達になると、そこで遊んでいることが楽しくなり、周りにも自分にも甘くなる。居酒屋や夜の公園で騒いでいる時によく、ここは天国みたいだと思っていた。そう思うと、急に酔いがさめた。

日本で、画家として生活できる人はほとんどいない。どんなにうまい絵でも、どんなに芸術的に優れていると言われる絵でも、何十万や何百万という金で買ってくれる人は、なかなか見つけられない。大学卒業後は、芸術家になんかならずに、広告代理店やデザイン事務所に就職する。関係がない一般企業に就職する学生も何人かいる。大学院に進む学生も多いが、大学院卒業後も大学卒業後と同じような進路を辿《たど》る。

俺は大学院には進まず広告代理店に就職すると、入学した時から決めていた。大手と言われる二社のどちらかに入り、二十代のうちから活躍して、三十歳になる前にフリーになる。それが俺の人生設計だった。大学の四年間は、そのために費やした。二社が関係するバイトに潜りこみ、社内に知り合いを増やした。ＯＢの先輩とも繋《つな》がりを持つようにした。就職セミナーや二社が開催するガイダンスにも通い、完璧《かんぺき》なはずだった。

でも、採用されなかった。最終面接にも進めなかった。

絶望しながら、滑り止めと思っていたデザイン事務所の就職試験を受けたら、全社で滑った。どこも受からなくて、卒業するギリギリに採用をもらえたのが今勤めている桜街道《さくらかいどう》デザインだ。

桜街道は所長の名前ではなくて、事務所の前の桜並木が由来だ。初出勤の日は桜が満開だった。

ぼんやり見上げながら、こういう小さな事務所で仕事していくのもいいかなと思った。コツコツやっていけば、いつかチャンスは来る。コンペに出て、大手に勝てばいい。しかし、コンペも何も関係がない小ささだった。

俺がやっている仕事は主にDVDやCDのジャケットデザインだ。と言うと、聞こえはいいが、廉価版ばかりだ。レンタルDVDとかCDショップとかにドーンッと並ぶものではなくて、本屋の隅にこっそり並んでいたりする。本屋の隅にこっそりでも並べられればいいが、俺の手がけた商品のほとんどがどこで売られているのかさえ、分からない。売っているところを見たことがない。古い映画のDVDやクラシック音楽のCDのケースをデザイン性は無視して、分かりやすさ重視で作りあげる。値段の安さを強調し、わざとらしいくらい安っぽいパッケージにする。海外の名作映画をこれでもかという程に粗悪にする。それが俺の仕事だ。

砂川と飲みに行った時に朝まで愚痴り、高松さんと会えるように約束を取りつけてもらった。愚痴なんて言いたくなかったのに、酔っ払って一言漏らしたら、止まらなくなった。

高松さんは俺が進みたかった道を歩んでいる。大学を出た後、広告代理店に就職し、三十歳になる直前にフリーになった。今は化粧品や飲料系の大手企業の広告を多く手掛けている。知り合いしか来ない狭いギャラリーではなくて、大きな美術館で個展を開くこともある。それ以外にも、地方の企業とコラボしたり、自分がいいと思ったものを広める仕事もしている。ファッション誌に載ることもあり、ライフスタイルも注目されている。

俺も高松さんみたいになりたかった。大手広告代理店の就職はもう無理だから、せめて高松さんの下で働きたい。

九時を過ぎた。

八時四十五分を過ぎたところで、砂川に〈電車が止まっていて、遅れる〉とメールを送った。砂川は既に事務所にいた。普段は昼頃に出勤するらしいが、俺が行くから早く来てくれたようだ。〈動いたら事務所に来て。高松さんには会えないと思うけど〉という返信が届いた。会えないならば行く意味はないが、履歴書とデザインを渡すくらいはできるかもしれない。

電車が止まって一時間が経ち、車内はさすがに穏やかさを失っている。

会社やバイト先に電話している声があちこちから聞こえてくる。スマホの充電がなくなったと慌てている人もいる。まだ動かないのかよ！　と、怒鳴りつづけているおっさんもいた。大学生くらいの男が窓から出ようとしたが、地面までの距離を見て諦めた。飛び降りるには迷う高さだ。山型に盛られた砂利を滑り落ちたら、怪我《けが》しそうだし、かっこ悪い。

窓を全開にしたので、風は入ってくるけれど、蒸し暑い。

ジャケットを脱いで、カバンと一緒に持つ。ネクタイを緩めて、ワイシャツの第一ボタンを外す。尿が汗になって出ればいいが、尿になったら汗にはなれないだろう。

車内放送が何度か入り、その度に救いを求めるように乗客全員がスピーカーを見上げる。しかし、「線路内立ち入りがあったため」と言うばかりで、進展がなかった。どこの駅でとか、どういう状況でとかいう説明が一切ない。ツイッターを見て、上下線で止まっていることと線路に立ち入ったのが二十歳《はたち》くらいの男だということは分かった。なぜか男のいる場所の情報がいくつもあり、どれが本当か分からなかった。〈線路を走り回っている〉〈消えた〉〈今、目の前にいる〉という情報もあった。〈消えた〉の意味が分からないが、それが電車を止めている最大の原因の気がした。〈飛んだ〉というのもあったけれど、ふざけているか何かの間違いだと思う。

尿意は十分くらい前にピークを迎え、小康状態がつづいている。下腹部に力を入れてタンクを最大限まで広げるイメージを持ち、動かないようにする。

この苦しみに耐えているのは、俺だけじゃない。電車の中に何人もいるはずだ。さっきは大の方がいいと思ってしまったが、小で良かった。大の苦しみの壮絶さに比べたら、楽だ。あいつらは意地でも外に出ようと、腹の中で暴れる。小なんて、おとなしいものだ。

今頃、高松さんには砂川が説明してくれているだろう。貴重な時間を割いてもらったのに申し訳ないという気持ちは大きいが、どこかでほっとしてもいた。高松デザイン事務所で働きたい気持ちはある。せっかくの話が駄目になるのは、悔しくてしょうがない。尿意によって気持ちが集中できないが、ここで泣き喚《わめ》きたいくらい悔しいけれど、駄目だったのは、電車が止まったからで、俺のせいじゃない。

どうして就職できなかったのか、大学三年生の終わりからの一年間を思い出すと、頭がぼうっとしてくる。思い出したくないことばかりなのに、記憶はまだ消えない。

就職氷河期なんていう理由ではない。同じ学科だった奴の何人かが大手広告代理店に就職して、砂川みたいに人気のデザイン事務所に就職した奴も何人もいる。学生のうちからデザイン事務所でバイトしていたとか、親戚がいるとか、コネみたいな話も多く聞いた。でも、俺だってコネを手に入れるために、大学一年生の時から動き回った。うちの会社に就職できるように話を通してあげると言ってくれた人もいた。絶対に大丈夫だと思っていたのに、駄目だった。

　自分の何が駄目なのか分からなくなり、全てを否定された気分になった。就活と同時進行で作っていた卒業制作にも力を入れられなくなって、酷《ひど》いものを出してしまった。教授からは「院に進めば」と、何度も言われた。今になって冷静に考えれば、院に進んで勉強し直し、就職活動をするという道もあったと思える。でも、あの頃の俺は、冷静に考えられなくなっていた。新卒で就職することだけが、人生の目標になっていた。

　一年かけて、身体《からだ》中の骨を折られている気分だった。一本折れるごとに、感情や感覚を失い、最終的に立てなくなった。卒業式に出たはずなのに、その頃の記憶だけはすっぽりと抜けている。

　吹雪の中でぼんやり立つ自分が学生時代の最後の記憶で、次に思い出すのは桜街道デザインに初出勤した日の桜吹雪だ。

　吹雪も桜吹雪も、見上げるだけで胸が苦しくなった。

　全てを忘れられたら楽なのに、スーツで歩き回った日々のことは足の痛さまで鮮明に思い出せる。

「あっ、ごめんなさい」力なく言い、隣に立っていたおっさんがしゃがみこむ。

ふらふらと揺れて、俺にぶつかってきた。漏れそうになったのをどうにか堪《こら》える。

おっさんは頭を抱え、しゃがみこんだまま立ち上がらない。体調が悪そうな人は他にもいて、しゃがんでいる人が何人かいる。妊婦さんや年寄りは席を譲り合っている。女の人や普段体を鍛えていない人には辛《つら》いだろうなと思うが、おっさんは同情に値しない。一時間以上ずっとゲームをやっていた。この蒸し暑い中、立ったままでスマホの画面に集中していれば、頭が痛くなるのは当然だ。

「すいません。水を」おっさんは俺が手に持っているジャケットを引っ張る。

「持っていません」

「水を」

「だから、持っていません」

水じゃなくて尿ならある。ここでおっさんに直《じか》に飲ませるという想像をしてしまったが、気持ち悪すぎる。俺まで倒れそうだ。振り払おうと動く度に、膀胱も刺激される。頼むから俺にからまないでほしいと思っても、誰も助けてはくれない。他の乗客もおっさんに「大丈夫ですか?」と、声をかけたりしない。自業自得だと、誰もが分かっている。

「お礼はします」

「はい？」

「それなり以上のお礼はしますから水をください」

もしかして、このおっさんはどこかのお偉いさんだったりするのだろうか。金で解決しようとするあたり、その可能性がある気がしてきた。お偉いさん故に常識を知らない。自分一人で自分を守る術《すべ》も知らない。震災以来、日本人全員がそれなりのサバイバル対策を身に付けた。一時間以上電車が止まっても、乗客にそこまで混乱がないのは、どう過ごすべきかそれぞれが分かっているからだ。ゲームをやりつづけて、スマホの充電を浪費するなんて、一番やってはいけないことだ。

分かっていないのは、おっさんがそんなことを心配しなくていい立場だからかもしれない。実は、広告業界にも力がある人で、これをきっかけに俺の転職が決まる。そんなことはありえないと思うが、ないとも言い切れない。夢物語でしかない想像に縋《すが》りたくなるほど、俺は疲れているんだと思ったら、情けなくなった。けれど、チャンスはどこに転がっているか分からない。

でも、水も何も持っていないし、出せる水分は尿だけだ。直ではなくても、尿を出して蒸発させて水に変えるという方法はある。ただ、砂漠で迷ったんじゃないんだから、そこまでのサバイバル対策をするところではない。

「すいません。何も持ってないんです」

「お礼はします」意識が朦朧《もうろう》としてきているのか、繰り返し同じことを言う。

「そう言われても、何もないんですよ」

「コインあげますから」

「コイン？」

「今まで貯めたコインを」

「なんのコインですか？」

「コインです」スマホを俺に向かって差し出し、おっさんはその場に倒れる。

液晶では、クマやうさぎのキャラクター達が動きつづけている。

ゲームのコインなんていらねえよ。下らない想像をしただけ損した。

倒れたおっさんをよけて、円ができる。

誰も近寄らないし、何も言わない。吐かれたりしたら面倒くさいと思ったが、そのまま起き上がらなかった。死んだのかと不安になるくらい、動かない。

俺と背中合わせに立っていた女の子が確かめるようにおっさんを爪先《つまさき》で蹴る。背が低くてかわいい顔をしている。一人でいたら声をかけたくなるくらいだが、男連れだった。恋人ではなくて、会社の同僚らしい。さっきから微妙に距離のある会話をしていた。連れの男はおっさんと女の子両方を引いた目で見ている。

おっさんは蹴られて、ビクッと動き、小さく唸《うな》り声を上げた。そのまましばらく黙っていて、いびきをかき始めた。カバンを抱いて小さく丸まり、爆睡している。どうせ、朝までゲームをやっていたのだろう。

このまま寝ていてくださいと心の中で願い、新しい立ち位置をそれぞれ確保する。さっきよりも窮屈になったが、おっさんを起こして立ち上がらせるのは無理そうだ。

窓の外に見える路地の奥で、カップルが電車を指差して、何か話している。距離があってよく見えないが、服装の感じが若いから大学生だろう。男は俺より背が高そうだし、そんなことはありえないのに、大学生の頃の自分に見られているような気がした。


結局、電車が動き出したのは九時半を少し過ぎてからだった。

一駅先の駅に着き、電車を降りた。

一時間半の間にバスやタクシーに人が分散したみたいで、駅では思っていたほどの混乱は起きていなかった。ホームで待っていた人は多くいたが、俺が降りた電車に乗りきった。ただ、混乱の跡はあちこちに残っていた。空になったペットボトルや飴《あめ》やガムの包み紙が落ちていて、電車の運行状況を書いたホワイトボードは出しっぱなしだ。電光掲示板には何も表示されていない。駅員は全員が疲れた顔をしていた。

トイレに入ったら、このまま止まらないんじゃないかと思えるほど、延々と尿が出てきた。個室に入ってゆっくりしたかったが、同じように戦い抜いた人で、埋まっていた。

ホームに戻っても、次の電車はなかなか来なかった。その間に人が増えていく。駅の周りのファストフードやコーヒーショップで、電車が動くのを待っていた人もいたようだ。やっと来た電車は途中で何度か止まり、終点に着くまでにいつもの二倍時間がかかった。

高松デザイン事務所の前に着いた時には、十時半近くなっていた。

駅から公園を抜けて行くと、事務所が入っているビルの前に砂川が立っていた。俺に気がつき、手を振ってくる。

「大丈夫か？」

高松デザイン事務所が入ったビルはレトロモダンでかっこいい。建物自体は古いが、中は改装して使いやすくなっているらしい。通り沿いにはカフェや雑貨屋が並んでいる。若者に人気のエリアと雑誌で取り上げられることがある町だが、広い公園があるからか、静かだ。

「大丈夫ではないけど、まあ、大丈夫」

「今日はさ、しょうがないよ」下を向いて喋《しゃべ》る砂川の声から、気を遣っているのが伝わってくる。

「うん。悪かったな」

「高畑《たかはた》のせいじゃないし」

「そうだけど」

　本当に俺のせいじゃないのだろうか。

　もう二本前に乗れば、電車が止まるより前に着けた。もう一本後ならば、既に電車は止まっていて、バスやタクシーに乗れた。電車に乗る前にトイレに行っていたら、こんなことにはならなかった。運なんて関係ないと思っているが、メジャーリーグで活躍していたある野球選手は「運も実力のうち」と言っていた。運が悪いというのは、そのまま実力がないということに繋がる。時間の巡りあわせも、人との出会いも、運だ。

「高松さん、打ち合わせがあって、もういないんだ」

「そうだよな」

「時間は？」

「大丈夫」

転職活動していることは、桜街道デザインの人達には言っていない。今日は午後から出勤する。

「ちょっと、コーヒーでも飲みにいこうか？」

「砂川は、大丈夫なの？　時間」

「普段はこんな時間から働いてないから。うちの事務所だって、高松さんだけだよ。朝から働いてるのなんて」

「そっか」

「公園にコーヒーショップがあるから」

通ってきた公園の中に戻る。

太陽の光を浴びて、木々の緑がキラキラ輝いている。幼稚園に入る前くらいの子供達が歓声を上げながら、走り回っている。ベビーカーを押すお母さん達は穏やかな笑顔で子供を見つめていた。公園の真ん中にある池には、ボートが浮かんでいる。ここも天国みたいだ。

コーヒーショップでコーヒーを買い、池の周りのベンチに座る。

隣のベンチでは杖《つえ》を持ったじいさんがぼうっと空を見上げていた。電車の中で倒れたおっさんのことを思い出した。横顔が少し似ていた。おっさんは電車が動き出しても、寝たままだった。そのまま、終点まで行って駅員さんに起こしてもらっただろう。

「これを高松さんに渡してもらえる？」履歴書とデザイン画をカバンから出す。

「一応預かるけど、受け取ってもらえないと思うよ。理由がどうあれ、時間を守れないっていうのは、高松さんは一番嫌いだから」

「知ってる」

高松さんは雑誌でも、時間のことや朝型の生活についてよく語っている。デザイン業界は納期が遅れるのは計算のうちで、時間にルーズになりがちだ。それを良しとしている人とは仕事ができない、と公言している。普通のサラリーマンができることをできない無能さを芸術家だからという理由で、かっこいいと思っているのはみっともないとも話していた。毎朝必ずジョギングをして、朝食ミーティングに出て、十時前に事務所に出勤する。打ち合わせは昼のうちに済ませ、十八時には仕事を終え、夜は家族と過ごす。自分を律した生活が支持されている。

俺も支持者の一人だ。だから、遅刻だけはしたらいけないと思い、早くに家を出た。

「でもさ、桜街道にいた方が仕事できると思うよ」砂川が言う。「うちの事務所は高松さんの事務所だから、どうしたって、高松さんにお願いしたいって人しか来ない。それなりにやらせてはもらえるけど、桜街道でやっていることと大差ないよ」

「それは、そうだけどさ」

砂川が「うちの事務所」と言う時に、自慢しているような空気があり、いちいちむかつく。

桜街道で俺がやっていることと高松デザイン事務所で砂川がやっていることは、全然違う。砂川は先月、大手化粧品会社の広告コンペに参加した。結果は駄目だったが、コンペに参加できるだけいい。先月の俺は、J－POPをオルゴール調にしたCDのジャケットのデザインを作りつづけていた。歌手の顔写真や曲に合ったイラストは使わず、癒《いや》されそうな海や夕焼けの写真を使う。CDは三十枚あって、どの写真をどのCDに使うか、考えれば考えるほど分からなくなり、適当に作ったのにOKが出た。自分のセンスが腐っていくのを感じた。

「俺は、桜街道の方がいいなって思うけどな。っていうかさ、学生の頃のこと考えると、逆だよな。俺達の就職先」

「ああ、いや、うん」

俺と砂川は、大学で一番仲がいい友達だった。というか、俺には友達と呼べる相手は砂川しかいなかった。

飲みに行ったり、合同で個展を開いたり、仲良くしている奴はいたけれど、友達とは思えなかった。作品を内心でバカにし合っていて、親しいと思われたくないと感じていた。バカにできない作品を作っている奴には、嫉妬《しっと》した。

砂川は、どちらにも当てはまらなかった。お手本のような作品を作る。何を作らせてもうまいのだけれど、センスや芸術性がどうという作品ではなかった。無難にきっちり課題をこなすだけで、野心なんて少しも持っていない。バカにしようがないし、ライバル視する対象でもない。芸術大学にいるのに、経済学部や商学部に通うごく普通の大学生のようだった。俺と同じで浪人も留年もしていないことは、まぐれだと話していた。まぐれでどうにかなるような甘い大学ではなかったが、砂川がそう言うならば、そうなんだろうなと思えた。

就職に関しては、デザイナーとしてやっていけるはずがないから一般企業を受けると話していた。実際に、就職活動で試験を受けたのは、一般企業だった。でも、どこも受からなかった。二人で、このままだったら就職浪人だと話していたのに、砂川は卒業する直前に高松デザイン事務所に就職を決めた。高松さんが仕切るイベントでバイトしたことがあり、その時のバイト仲間で飲んだ席に高松さんが来てそういうことになったという恋の始まりのような話だった。

急だったからデザイナーとしてではなくて、経理とか事務系の採用かと思ったら、デザイナーだった。

卒業後に会った友達に「野心を撒《ま》き散らす高畑も怖かったけど、野心を表に出さない砂川の方が怖かった」と言われた。

砂川と二人で飲みに行っても、俺が話すばかりだ。大学一年生の頃から六年以上友達なのに、砂川に彼女がいるかどうかさえ、俺は知らない。大学には同性愛者が何人かいた。意外と砂川もそうなのかもしれないと思ったこともあるが、一緒にいる時の雰囲気からは何も感じ取れなかった。

感情を表に出しているのを見たのは、高松デザイン事務所に就職が決まったと報告してきた時だけだ。それが俺の記憶が途切れた吹雪の日だ。寒さのせいか、興奮していたのか、両方だったのか、砂川の顔は真っ赤だった。

自慢したり、嫌味を言う奴じゃないと思っているが、俺は砂川の性格なんて何も分かっていないのかもしれない。

「またさ、飲みに行こうよ」コーヒーを飲み干し、砂川は立ち上がる。

「ああ、でも、忙しいんだろ？」

「暇、暇。高畑の方が絶対に忙しいって」笑いながら、言う。

いつもニコニコしているのが砂川で、俺をバカにして笑っているわけではないのに、バカにされている気がした。

「うん、じゃあ、また。俺、もうちょっと休んでから行くから。電車止まって、疲れちゃって」

「じゃあ、また連絡する」

「じゃあな」

「あっ、そうだ。俺、結婚することになった」

「はっ？」大きな声を出してしまい、周りにいた子供や隣に座っているじいさんが俺を見る。

その瞬間、時が止まったように感じた。

池のほとりで餌《えさ》を啄《ついば》んでいた鳩《はと》が飛んでいき、時間が動き出す。

「結婚する」

「いつ？　誰と？」

「来月。大塚《おおつか》と」

「えっ？　大塚って、あの大塚さんじゃないよな？」

「あの大塚だよ。ごめん、戻らないと」砂川はスマホを見る。

「いや、ちょっと待って」

「また連絡するから」手を振りながら、高松デザイン事務所の方へ走っていく。

結婚も、相手が大塚さんなのも、意味が分からない。追いかけてでも問いただしたかったが、立ち上がれなかった。

俺と大塚さんは、大学三年生の時に付き合っていた。

それまでに女の子と付き合ったことは何度かあった。女慣れしていないわけじゃないのに、好きすぎて、うまく付き合えなかった。大塚さんは美術学部絵画科で、引くほど絵がうまい。読者モデルもやっていて、見た目も才能も飛びぬけていた。性格に気取ったところはなくて、飲み会によく参加していた。付き合うまでは飲み会のノリと勢いでいけたが、素面《しらふ》で会うと、顔を直視できなくなる。キスしても、セックスしても、遠くに感じて、半年ももたないで別れた。才能のある女の子と付き合い、お互いの才能を伸ばし合うというのが理想だったのだけれど、無理だと知った。彼女の才能に潰《つぶ》されそうになった。セックスの時の奔放さにもついていけなかった。彼女が芸術家ならば、自分は芸術家になれないと思い知らされた。大学院に進み、春に修士課程を終えたはずだ。今は何をしているか、知らない。

　俺と付き合っていた時、大塚さんには他にも男がいた。浮気を責めても「恋人は高畑君だけ」と言ってごまかされた。あんな軽い女と結婚するなんて、砂川もかわいそうにと思うが、気持ちがすっきりしない。別れた後も未練を引きずっていた。彼女を思い出し、別れなければ良かったと後悔することが未《いま》だにある。インターネットで名前を検索したくなる気持ちを抑えつづけた。砂川の結婚式で、大塚さんと会えるんだと思ったら、嬉しいと感じてしまった。

　温《ぬる》くなったコーヒーを飲む。隣に座っていたじいさんはゆっくり立ち上がり、帰っていく。子供達は走りつづけている。ベビーカーの赤ん坊が泣き、お母さんは優しく声をかける。ここは天国ではなくて、悪い夢の中なのかもしれない。

　世界が眩《まぶ》しく見えるのは、俺の気分が沈んでいるからだ。


　駅に戻って電車に乗ると、一時間半も止まっていたとは思えないくらい、いつも通りだった。

　もうすぐ十一時になるから、通勤ラッシュも終わっていて、穏やかだ。中間テストか何かで学校が早く終わったのか、高校生が多くいて騒いでいる。それ以外は、一人で乗っている人ばかりで、音楽を聴いたりスマホを見たりして、誰も喋っていない。高校生の集団から離れて、座る。

いつもは今くらいの時間に出勤する。

電車が止まったことも、トイレを我慢しつづけたことも、転職の面接に遅刻したことも、砂川と大塚さんの結婚も、悪い夢の中の出来事として、忘れよう。忘れて、いつも通りに出勤して、今まで通りにコツコツ仕事していけばいい。俺の一日はこれから始まるんだ。

でも、やはりどこかがいつもとは違う。ダイヤは乱れているし、急行は走っていない。午前中は各駅停車だけで、時間調整をするようだ。昨日までとよく似た風景なのに、初めて乗る路線のように感じる。

この電車に乗っている人は、遅延に巻きこまれなかった人ばかりのはずなのに、どこか疲れている空気が漂っている。パラレルワールドに入りこんだ気分だ。そんなSF映画みたいな話はありえないけれど、そうならば、砂川と大塚さんが結婚することも納得できる。俺が暮らしていた世界とは別に、二人が付き合っている世界がある。止まった電車でトイレに行きたいと考えている間に、別の世界に来てしまった。なんて、考えるだけ無駄だ。悪い夢でもパラレルワールドでもない。今日起きた全ては現実だ。

桜街道デザインは高松デザイン事務所とは反対の終点にある。急行だったら二十分かからないが、各駅停車だと三十分と少しかかる。十分程度の差でも、昨日までの俺だったらイライラしていた。今日はどうでもよく感じる。一時間半も電車に閉じこめられた後だ。十分くらい、気にならない。

スマホで仕事関係のメールやツイッターをチェックしようと思ったけれど、やめておく。窓の外を眺め、現実の世界を確認していく。

線路沿いの木に桜が咲いているのが見えた。しかし、今は五月だ。違う花と見間違えたのだろう。確認したかったが、通りすぎて見えなくなった。


事務所に行っても、誰もいなかった。

「おはようございます」確認するために、奥に向かって声をかける。

返事がない。洗面所やトイレ、ソファーの上に丸まっている毛布の中を確認する。どうやら本当に誰もいないようだ。

自分の席にカバンとジャケットを置き、窓を開ける。

窓の外には、手を伸ばせば届きそうな距離に隣のビルがある。ランチタイムが近くなり、どこかから古くなった油のにおいがする。汚れた空気が入ってくるだけの気がするが、換気したい。明け方まで働いていた人達の煙草《たばこ》や酒のにおいが充満している。

桜街道デザインが入っているのは雑居ビルの三階の一室だ。築年数としては、高松デザイン事務所が入っているビルより新しいはずなのに、うちの方が古く感じる。壁は色あせているし、エレベーターは今にも止まりそうだ。ゴキブリやネズミが出る。部屋の位置的に表通りの桜並木に面している窓はなくて、何もいいところがない。

ファックスとメールを確認して、コーヒーを淹《い》れに給湯室に行く。

お湯が沸くのを待つ間に、散乱しているゴミを片づける。山になった吸殻を捨てて灰皿を洗い、コーヒーやビールの空き缶を軽く洗ってからリサイクルゴミ用の袋にまとめる。

世の中のどんなものにもデザインがある。高松デザイン事務所が手掛けているような大手企業の広告、映画やミュージシャンの宣伝材料、本の装丁、大手メーカーの電化製品、注目されるデザイナーが作っているのはそういうものばかりで、そういうものを作ることだけがデザイナーの仕事と思われがちだ。しかし、求人広告やパチンコ屋の新装開店チラシ、耳鼻科や歯医者の案内、商店街のホームページ、百円ショップで薄利多売される雑貨、そういう全てにデザインがある。注目される仕事より、注目されない仕事をしているデザイナーの方が多い。

合コンで「デザインの仕事をしています」と自己紹介すると、女の子達はとりあえず喰《く》い付いてくる。そして、仕事内容を説明すると、離れていく。「自称デザイナーね」と笑われたこともある。やっている仕事は小さくても、自称じゃねえよ！　と思ったが、言い返せなかった。

うちの事務所は、俺がやっている廉価版のＤＶＤやＣＤジャケットのデザイン以外に、求人広告や商店街にあるマッサージ屋や美容院や居酒屋のホームページやチラシ、ショップカードのデザインを手掛けている。所長が飲み友達から「安くやってよ」と言われた仕事をドンドン引き受け、デザイナーが七人いても、どんなにがんばってもこなせない量の仕事が溜まっている。昼前に出勤して終電で帰れればいい方だ。始発まで働いてアパートに帰り、シャワーを浴びて少しだけ寝て出勤する日も多い。帰るのが面倒くさくなり、一週間くらい泊まりこむ人もいる。

「おはようございます」事務の不動《ふどう》さんが出勤してくる。

「おはよう」

「あれ？　高畑君だけ？」

「うん」

「二人きりだ。気まずいね」不動さんは給湯室に来て、俺の横に立つ。

俺と不動さんの身長は同じくらいだ。並ぶと顔の位置は真横にあるのに、腰の位置は彼女の方が高い。短いスカートから長すぎる足を出している。

「気まずくない。何も気まずくない」

「ええっ、気まずいじゃん」

コーヒーを淹れたマグカップを持って給湯室を出る俺の後ろに、不動さんはついてくる。不動さんと俺は同期で、年も同じだ。

桜街道デザインに俺は新卒で入ったが、新卒採用をしているわけではない。人が足りなくなったら、会社のホームページや求人サイトで募集をかける。たまたま、俺が卒業する時にデザイナーの募集をかけていて、その時に事務員の募集もしていた。

先輩は俺より三歳上の人が一人、三十代の人が三人いて、事務所立ち上げ当時からいる四十歳以上の人が所長ともう一人いる。事務は不動さんの他に、経理から総務までなんでもやっているベテランの人がいる。ベテランの人は所長と同い年くらいだと思う。おばちゃんと呼んでもいいけれど年は聞いたらいけない。あとは、営業の人が一人とデザイン以外にも細かい事務仕事を手伝ってくれる大学生のアルバイトが男と女、一人ずついる。

三歳上の先輩、俺と不動さん、大学生のアルバイトの二十代チームで飲みに行くことがたまにある。特に不動さんとは一緒にいることが多い。まだ俺が抱えている仕事が少なかった頃は、彼女が大量に郵便を出す時に手伝ったりしていた。二人でランチに行ったり、飲みに行ったりする。同期で同い年という親近感もあったし、不動さんは見た目は女っぽいけれど、性格はおっさんみたいで楽だった。

それなのに、去年のクリスマスに酔った勢いでやってしまった。

酔っ払ってどちらかの部屋に泊まることはしょっちゅうだから、酒に酔ったのではなくて、雰囲気に酔ったのだろう。

俺は去年の夏に彼女と別れ、不動さんはクリスマスの少し前に彼氏と別れた。年末進行で全員ボロボロになっていたから、イブの日は所長命令で早く帰るように言われた。帰ってもやることがないから不動さんと飲みに行った。フリーで寂しいと言い合い、冗談のつもりで「付き合っちゃう？」と俺が言ったら、話すうちに本気っぽくなってきて、彼女のアパートに行った。

次の日の朝に冷静になり、「なかったことにしよう」と話した。

「どうだった？」不動さんは俺の隣に椅子《いす》を持ってきて座る。

「何が？」

「転職の面接」

高松デザイン事務所に行くことは、不動さんにだけ話した。

「駄目だった」

「もう結果出たの？」

「いや、電車が遅れて、面接に間に合わなかった」

「あら、残念だったね」

「残念じゃ、済まねえよ」

「ここには私がいるじゃん」

「そのネタ、いつまで引きずる？」

「飽きるまで」

「ああ、そう」

付き合っても良かったんじゃないかと思うことがたまにある。たまにどころかしょっちゅうある。

一緒にいて彼女ほど楽な女の子はいない。一回しかしていないけれど、セックスの相性もいいと思う。仕事の忙しさは誰よりも理解してくれる。お互いの過去のことは、もう何も出てこないと思えるくらい話し尽くした。今のところ友達としてだが、大切だと思う気持ちは強い。俺以外の男と付き合って、彼女が傷つけられたら嫌だなと思う。言い合ってばかりでも、付き合ったら心穏やかに過ごせる気がする。

でも、その心穏やかさが怖い。

不動さんと付き合って、それが所長や他の人にばれたら、結婚に辿りつくまで祭り上げられる。先輩の中には事務員と結婚した人が二人いる。発覚した時の周りの勢いはすごかったらしい。

ここで働きつづけ、不動さんと心穏やかに過ごす将来が見えてしまう。それは俺が望んでいる未来ではない。高松デザイン事務所みたいな人気のデザイン事務所で働き、大塚さんみたいに美人で才能がある女の子と付き合いたい。それって、砂川みたいになりたいってことかと思ったら、叫びそうになった。遠くに見えていた敵がいつの間にか背後にいたような、そういう気持ちだった。

砂川の言う通り、俺と砂川の就職先は逆のはずだ。小さなデザイン事務所で働き、事務員の女の子と付き合うなんていう将来は砂川にふさわしい。俺はもっと派手に活躍できる男のはずだ。

「そういやさ、砂川君、結婚するんだって?」不動さんは俺のコーヒーを飲む。

二人で飲んでいた席に砂川が来たことがあり、三人で何度か会った。

「なんで知ってんの？　俺もさっき聞いたのに」

「大塚さんに聞いた」

「えっ？　大塚さんと知り合いなの？」

元カノのことも話し尽くしているが、名前までは言っていない。俺と大塚さんが付き合っていたことを不動さんは知らない。

「うん」

「どうして？」

「彼女の個展に行ったり、デザイン事務所関係の飲み会で会ったり、何度か顔合わせて」

「何？　デザイン事務所関係の飲み会って？」

「ツイッターで知り合ったデザインクラスタとかで集まって」

「へえ、俺は誘われなかったやつか」

「だって、デザインクラスタとか嫌いでしょ？」

「まあ、そうだけど」

仲良しごっこみたいな集まりは嫌だが、仲間外れにされるのも嫌だ。でも、ツイッターでデザインクラスタがどうこう言っている中に自分から入るのも嫌だ。誰かに誘われて、嫌々入る感じがいいのに、誰も誘ってくれない。

「今度、誘ってあげようか？」

「いいよ。だいたい、不動さんはデザインクラスタじゃないじゃん。事務員のくせに」

「くせにって言い方は、むかつくな」

「すいません」

「大塚さんと砂川君って、学生の時から付き合ってるんでしょ？　二人ともそういう話しないから、ビックリしちゃった」

「はあっ？」

　学生の時っていつだ？　大学四年生の時だとは思ったが、違う気もした。四年の時ならば、俺と大塚さんが別れた後で、砂川が言いにくかったんだと納得できる。でも、そうではない聞いたらいけない話がこの先にきっとある。

「ああ、そっか。今更、何言ってんの？　って感じだね。高畑君は砂川君から聞いてるよね」

　俺が驚いている意味を不動さんは勘違いしたようだ。

「学生の時って、いつ？」

「知らないの？」眉間《みけん》に皺《しわ》を寄せ、俺の顔をのぞきこんでくる。

「知らない」

「一年生の夏だったかな。去年の夏の付き合って五年目の記念日にプロポーズされたって大塚さん言ってたから。それで、大塚さんが今年の春に修士課程終わって、夏に結婚式挙げるんだって」

「へぇ」

「本当に知らなかったの？」

「ほら、男同士ってそういう話しないから」

「ああ、そう」

ごまかしてみたが、不動さんは俺が変だと気がついているだろう。

俺はやっぱり、パラレルワールドに来たのかもしれない。こっちの世界では俺と大塚さんが大学三年生の時に付き合っていたなんて過去はない。そう考えないと、なんか怖い。

理解できないとか、納得できないという気持ちを通り越している。だって、俺は大塚さんと付き合っている時に、どういう付き合いをしているか、砂川に全部話して相談していた。彼女と友達がセックスをしているという話を、あいつは黙って聞いていたことになる。それで、怒らないし、大塚さんと別れなかったのは、心が広いとかではなくて、そういうプレイとしか思えない。砂川って変態なんだと思ったら、腑《ふ》に落ちた。もう大塚さんに対する未練も飛んだ。俺はたくさんいる彼氏のうちの一人だったということでいい。

「ねえ、砂川君と本当に仲いいの？」

「分かんない。俺は砂川のことが何も分からない」

「何それ？」マグカップを置き、不動さんは笑う。

「笑うなよ！」

そう言いながら、不動さんが隣にいて笑ってくれて良かったと感じていた。俺一人では現実を受け止められない。

「なんとなくそういう気はしてたけどね」

「どういう気？」

「砂川君って、高畑君のことを大嫌いなんだと思うよ」

「えっ？」

「三人で飲みに行った時にそう感じた」

「どうして？」

「というか、砂川君って誰のことも嫌いなんじゃない？　中でも高畑君みたいな、自意識過剰でうるさいチビのことは心の底からバカにしてる」

「チビは関係ないだろ」

「砂川君って、そつなくやるってだけでおもしろくないじゃない。高松デザイン事務所がやる大手企業の広告では、その無難さが受けるのかもしれないけど。そういう人から見たら、高畑君みたいなのって鬱陶《うっとう》しいんじゃないかな？　芸術って言ってわけ分からないものを作るんじゃなくて、絶妙におもしろいものを作る。まあ、嫉妬はデザインクラスタあるあるみたいなもんでしょ。仲良くしていても、内心では大嫌い。って、バカばっかり」

「さっきから、俺のことを褒めてるの？　バカにしてるの？」

「褒めてるのよ。だって、こんなにおもしろいものは砂川君に作れないから」机の上に置いてある俺が作ったフランス映画十枚セットのＤＶＤを取る。

十枚で一九八〇円と大きく書き、映画の中から適当に抜き出した画像を使った。名作映画ばかりだが、名シーンと言われているシーンは使わなかった。粗悪な海賊版が入っているんじゃないかと思えるような、ニセモノっぽい仕上がりにした。モノクロ映画なのに、画像の周囲は目立つように黄色地にして、ショッキングピンクで文字を入れた。

「おもしろくねえよ」

「そうかな。最高にうさんくさくていいと思うけど」

「良くないから」

「どっちにしても、私は砂川君より自意識過剰でうるさいチビの方が好き」ＤＶＤを戻し、俺の顔を見て言う。

「不動さん」胸にグッとこみ上げてくるものがあった。

立ち上がって、座っている不動さんを抱きしめる。

桜街道デザインで働き始めてから二年と一ヵ月、彼女がいたからやってこられた。辛くて、嫌になって、やめたくなっても不動さんが「飲みに行こう」と誘ってくれて、愚痴でもなんでも聞いてくれた。口うるさく説教しながら、最後は笑い飛ばしてくれた。あんな風に雰囲気に酔ってやったらいけない相手だ。これからはもっと大切にしていこう。

「おはよう」ドアが開き、所長とデザイナーの松谷《まつや》さんが出勤してくる。

慌てて不動さんから離れたが、微妙な空気が残っている。

「おはようございます」

男三人がどう対処するべきか迷っている中で、不動さんは何もなかったかのような顔で立ち上がり、座っていた椅子を片づけ、自分の席に戻っていく。

「おはようございます」俺も何もなかったかのような顔をしたかったが、できなくて、声が引っくり返った。


何もなかったかのようなまま働いていたら、十五時近くなって松谷さんにランチに誘われた。

松谷さんと昼メシを食いにいくことは普段ない。不自然さに、何かあったな？　と、他の先輩達も気にしているのは感じたが、誰にも何も言われなかった。気になることがあってもとりあえずは黙っていて、本人達がいなくなってから騒ぐのが桜街道デザインのルールだ。

事務所が入っているビルから出て、十五時までランチをやっている中華料理屋に行く。カウンター席に三人お客さんがいて、奥のテーブル席はあいていた。

「五目焼きそばと炒飯《チャーハン》のセットで、餃子《ギョーザ》もつけて」松谷さんが注文する。

「エビワンタンそばと炒飯のセット」俺も注文する。

店員のおばちゃんがカウンターに戻るのを見ながら、俺も松谷さんも水を一口飲む。

多分、事務所では今頃、俺達の話をしているだろう。話を振られた不動さんが何も答えず、更に詮索《せんさく》される。所長はベラベラ喋る人ではないから、黙って見ている。それぞれ個人で仕事をしていることが多くて話すこともあまりないが、ネタが見つかった時の盛り上がりはすごい。

そういう中に入りたくないなと思っていたら、見透かされ、先輩達を冷ややかな目で見るというのが俺のキャラになっている。俺は騒ぎの中心には入らず、先輩達に冷たくしてればいいらしい。

「それで、不動とできてるのか？」松谷さんが言う。

「できてません」

「じゃあ、さっきのはなんだったんだよ？」

「つい、うっかり」

「うっかり？」

「うっかり」

松谷さんは三十代後半だが、結婚したのは三年前だ。奥さんは桜街道デザインの元事務員だ。結婚した後も働いていて、不動さんと入れ替わりで辞めた。引き継ぎがあって、俺と不動さんが入社した後も一ヵ月くらいは働いていた。どこからヒゲで、どこまで髪の毛か分からないもっさりした松谷さんに対し、奥さんは小柄でかわいらしい人だった。年は十くらい離れていて、まだ二十代のはずだ。

　こんな薄汚れた事務所にいるうちに世間の広さを忘れたんだなと思いながら、奥さんを見ていた。入社して右も左も分からない俺に優しくしてくれた。

　去年の春に生まれた子供と奥さんを松谷さんは溺愛《できあい》している。独身の頃は、住んでいるのかと思えるくらい事務所に泊まりこんでいたらしいが、今は意地でも終電で帰る。そして、奥さんが不動さんをかわいがっているので、松谷さんも不動さんをかわいがっている。

　他の先輩にとっても、不動さんは妹のようなかわいい後輩で、俺は生意気でかわいさの欠片《かけら》もない後輩らしい。

「不動と付き合う気はないのか?」

「なくもないですけど」

　おばちゃんが両手にお盆を持って、料理を運んできたから話すのをやめる。松谷さんは五個ある餃子のうち二個をくれた。

「なくもないって、なんだよ?」

「松谷さんは奥さんと付き合う時に、俺このままなのかな?　とか、考えませんでしたか？」

「考えてねえよ」

「はあ、そうですか」

松谷さんも俺と同じ大学を出ている。一浪して入り、一年留年した。卒業後は大手ではないけれど、広告代理店に就職した。コンペでは大手をなぎ倒していたらしい。働きはじめて五年が経った二十九歳の時に身体を壊してしばらく休業した。その後、桜街道デザインに転職した。今は商店街にあるマッサージ屋や美容院のホームページとチラシのデザインを主にやっている。マッサージ屋の院長の注文が細かくて、しょっちゅうクレームをつけられる。

「高畑はまだ若いからな」

「そうでもないですけど」

「いくつだっけ？」

「今年、二十五になります」

「若いな。若い、若い」

「そんなことないですよ」

二十五歳なんて、若くない。俺がこれから何かを成し遂げたとしても、年齢のことで騒がれることはない。どんな業界でも「最年少」とか「この若さで」とか言われるのは、二十代前半までだ。二十代後半では、たとえ最年少だとしても、世間の注目度は低い。学生の時は最年少で賞を獲ることを夢見たが、子供の頃の絵画コンクール以外で、賞を獲ったことはない。

「お前さ、未だに会社に不満があるのか？」

「それは、まあ」エビワンタンを食べる。「松谷さんはないんですか？　前の会社に戻りたいとか、もっと大きな仕事をやりたいとか？」

「大きな仕事ってなんだよ？」

「化粧品の広告とかやってたんですよね？」

「それが大きな仕事か？」

「はい。マッサージ屋の院長なんかにクレームつけられて、情けなくならないんですか？」

「なんねえな。化粧品の広告より、今の仕事の方が俺にとっては大きな仕事だよ。もちろん、化粧品の広告だって、手を抜いていたわけじゃない。でも、コンペだなんだ、うちの営業がどうだ、向こうの注文がどうだって、関わる人間が多くて、商品を手に取るお客さんまでが遠すぎる。それに何をしたって、会社の名前がついてくる。今は院長とじっくり話して仕事ができるし、所長は何も言わないから、好きにできる。マッサージ屋に行けば、ホームページを見たって話すお客さんに会える」

「俺はDVDを売っているところすら、見たことありません」

「まあ、そうだな」松谷さんは餃子を食べて、しばらく黙る。

「今の仕事が嫌なわけじゃないんです。嫌は嫌なんですけど、本当に嫌だったら、辞めてると思います。ただ、この環境に慣れていくのが怖いんです。慣れてしまう前に、自分が憧れていた場所に一度でいいから行きたいんです」

「その気持ちは分かるよ。多分、うちの事務所の全員が分かっている」

「はい。すいません」

　うちの事務所は全員が美大を出ている。前は広告代理店や大手デザイン事務所にいたという人が松谷さん以外にもいる。かつては野心や向上心を持っていた人達だ。俺が想像できない決断や苦しみをそれぞれで抱えているのだろう。仕事を見ても、小さな事務所でやっていくレベルの人達ではない。

「お前の気持ちを所長に話してみれば？　何がやりたいとか、何が不満だとか、言えば聞いてくれる人だから」

「はい」

「うちは所長の会社だけど、所長の独裁じゃないから。好きなことを好きなようにやればいいんだよ。受ける依頼だって、バラバラだしな」

「はい」

「お前の友達がいる高松デザイン事務所なんて悲惨らしいぞ。高松さんの気に入るデザインじゃないと、通らないからな。しかも、あの人、ゲイだから。そっちでも気に入られないと、コンペとか出られないって言うし。結婚も、夜は家族で過ごすって話もカモフラだろ。今時、そこまでの人は、逆に珍しいけどな。友達からなんか聞いてないか?」

「いや、知らないっす」炒飯を食べながら、首を捻《ひね》っておく。

もう俺は砂川のことが何も分からない。

確かに砂川は、高松さんの気に入るデザインは得意そうだ。自分の主張が弱いから、人の真似《まね》は簡単にできる。ただ、ゲイかどうかは、どうなんだろう。大塚さんがいるからゲイってことはなくても、男も女も両方いけるというのは、ありそうだ。あの吹雪の日に顔を赤らめていたのは、憧れの高松さんに抱かれて高揚していたからかもしれない。

今日、遅刻して良かった。電車が止まって良かった。俺はゲイにもてるタイプじゃないけれど、どんな面接が待ち受けていたのか想像したら、全身に鳥肌が立った。同性愛者の友達もいるし、批判する気持ちはないが、俺は男に身体を許す気はない。

「仕事のことと不動のことは別に考えろ」

「分かってます」

仕事は自分にできることをちゃんとやっていこう。こうして気にかけてくれる先輩がいるし、所長とも話をしてみよう。俺は会社に不満を抱くばかりで、自分から動こうとしなかった。目立つことがやりたいと思い、本当にやりたいことを分かっていない。桜街道デザインで働きながら、この先のことを考える。

不動さんのことは別問題だ。いつまでも彼氏がいないままの人ではない。あちこちの飲み会に顔を出し、事務所の営業みたいなことまでやっている。狙っている男は多い。

俺は迷える立場じゃない。

終電で帰ったら、駅の改札を出たところに不動さんがいた。

「何してんの?」

不動さんは今日は二十時頃に退勤した。話したかったが、事務所では他の人の目もあるし、仕事も忙しくて、話せなかった。

「高畑君が私と話したいんじゃないかと思って」Tシャツとジーパンで化粧もしていないからか、いつもより子供っぽく見える。

並んで歩き、俺が住むアパートの方へ行く。不動さんは隣の駅に住んでいる。歩いても帰れるし、タクシーでワンメーターで帰れる距離だ。でも、今日は俺の部屋に泊まる気で来たと、考えてもいいのだろうか。

「始発まで働いていたら、どうしてたの？」

「朝まで待ってた」

「嘘《うそ》だろ」

「嘘。本当はＤＶＤ返しにきたの。そしたら、終電の時間だったから、高畑君いるかな？　って思って」手にはＤＶＤのレンタルバッグを持っていた。

「ああ、そう」俺の部屋に泊まる気ではないようだ。

隣の駅にレンタルＤＶＤはない。うちの近くに一階が本屋で、二階がＤＶＤのレンタルと販売をやっている店がある。本屋の奥にはコーヒーショップがあり、深夜二時までやっている。

「コーヒーでも飲みながら、ちょっと話そうよ」店の前まで来て、不動さんが言う。

「俺、疲れてるから帰りたいんだけど」

「ええっ、せっかく来てあげたのに」

「ＤＶＤ返しに来ただけだろ」

「それは、口実」

「信じねえよ」

先に二階に行き、ＤＶＤを返す。カウンターで右はピンク、左は緑の靴下を履いた女の人が、借りたＤＶＤをなくしたかもしれないと泣きながら店員に話している。俺より年上に見えるのに、大学生くらいのアルバイトになだめられていた。

返却用と書かれたカゴにＤＶＤを入れ、一階の本屋に下りる。

「雑誌見ていっていい？」返事を聞かず、不動さんは雑誌コーナーの方へ行く。

この時間でもお客さんは結構多い。近くにある大学の学生が雑誌を立ち読みしていて、カップルが新刊コーナーでいちゃついている。

「俺、帰りたいんだけど」

事務所で抱きしめた時や働いている時の気まずさは、今までと違う関係になる予兆だと思ったのに、いつも通りに戻ってきている。コーヒーを飲んで、不動さんの部屋の近くまで送って解散という何度も繰り返してきたパターンが今日も繰り返されるのだろう。

「女一人を残す気?」

「じゃあ、向こう見てるから」

不動さんが女性向けファッション誌のコーナーを見ている間、俺はデザイン関係の雑誌を見る。就職したばかりの頃は、ここに載れないことが悔しくて、こういう雑誌は読めなかった。本屋に来ても、置いてあるコーナーに近寄らないようにした。仕事の調べもので見ないといけないこともあり、最近では平気で読めるようになった。

「高畑君、ちょっと来て」不動さんが書棚の間の通路から手招きしてくる。

「何?」雑誌を置き、後をついていく。

「売ってるじゃん」手で示されたのは廉価版のDVDの棚だ。

一番下に、俺がデザインしたDVDも並んでいた。

「本当だ」

今まで何度も通っているはずなのに、気がつかなかった。いつからあったのだろう。棚自体は前からあったが、何を売っているか見ていなかった。

「どう?」不動さんは俺の顔をのぞきこんでくる。

「うん。まあ、良かったよ」

売っているところを見るのは、思っていた以上に嬉しかった。自分の作ったものが誰かに届いているんだと感じられた。でも、喜んでいるところを見られたくなくて、顔に出すのは堪えた。

「何それ？　もっと喜びなさいよ」

「いや、だって、どこかには売ってるものだし」

「ここで喜んだら高畑君じゃないか。素直じゃないもんね」

「本当に嬉しくねえよ」

もしかしたら、不動さんはこれを見せるために会いにきてくれたのかもしれない。そう聞いたら、偶然だと言い張るだろう。彼女も素直ではない。

「コーヒー飲みにいこう」

奥のコーヒーショップに行く。腹が減っているのか、不動さんはガラスケースに入ったドーナツやケーキをジッと見つめる。時間が時間だから、商品は少ない。

「なんか、食うの？」

「いいや、食べたいものない」

レジに並ぶ。すいているが、店員も少なくて、俺と不動さんの前にお客さんが一人いた。

「あの、すいません」男の人に後ろから声をかけられる。

上下グレーのスウェットを着たおっさんだ。手には本屋の袋を持っている。

「知り合い？」不動さんが俺に聞く。

「知らない」

どこかで見たことある人だと思ったが、思い出せなかった。仕事関係の人だったら、不動さんも分かるはずだ。

「今日、電車で」

「ああっ！」

ゲームしていて倒れたおっさんだ。朝はスーツだったから分からなかった。

「すいませんでした。ご迷惑をおかけして」

「いえ、大丈夫でしたか？」

「はい、それで、お礼を」

「いえいえ、何もしていませんから」

「いや、そういうわけにいきません」

おっさんはスウェットのズボンのポケットからスマホを出す。コーヒーを奢《おご》ってくれるのかと期待したが、お礼はどうしてもコインのようだ。

「ゲームもやりませんから、大丈夫です」

「やったら楽しいですよ」俺の手を掴《つか》んでくる。さっきまでぼんやりしていたのに、目が光ったように見えた。

「本当に大丈夫です」

「じゃあ、彼女は？」おっさんは不動さんの手を掴む。

「私もゲームはやらないんで」掴まれた手を見て、不動さんは引いてる顔をする。

「本当にいりません」不動さんの手を取り、おっさんの手からはなす。

「そうはいかないんで、コインを」

「いりませんから、気にしないでください」

「コインを！」大きな声を出し、俺と不動さんに迫ってくる。他のお客さんや店員もおっさんを見ている。

「いりません」

不動さんの手を引き、逃げる。外に出て、角を曲がるまで走る。追いかけてくるかと思ったが、さすがにそこまでではないようだ。

「何、今の人？」息を切らしながら、不動さんが言う。

「朝、電車で一緒になった人」

「ふうん」

手を繋いだまま、俺のアパートの方へ歩く。夜になると、風が冷たい。でも、走ったからか、俺の手も不動さんの手も温かかった。

素直になって、「付き合おう」と言ったら、どう答えてくれるのだろう。

OLは、電車の中

誰よりも早く会社に行き、誰にも見られないうちに制服に着替え、コーヒーを淹《い》れる予定だった。他の人が出勤してきた頃には、何もなかった顔で机の周りを掃除している予定だった。

予定は未定であって、決定ではない。

子供の頃に読んだ漫画に書いてあった。何かは忘れたが、お姉ちゃんの本棚にあった漫画だから、古いものだ。そうか、決定じゃないんだと思ったけど、予定という言葉にも「定」の字が入っている以上、それは決定と同じことになる。

会社に着いてからの行動は、わたしが予《あらかじ》め定めたことだ。

電車に乗るまでは順調だった。予定通りの電車に乗れた。会社がある駅までは十五分もかからない。駅から会社までは歩いて十分くらいだから、八時半より前に着く。九時出勤が基本で、早い人でも八時半を過ぎないと出勤してこない。わたしは出版社の人事総務部に勤めている。編集部の社員は出勤時間は関係なくて、泊まっている人がいるかもしれないが、この時間は寝ているか、頭がぼんやりして誰か通っても気がつかない状態になっているだろう。予定は完璧《かんぺき》なはずだった。

それなのに、二駅進んだところで電車が止まった。

すぐに動くと思ったのに、もう十五分も止まったままだ。ヒールの高いパンプスで立っているのが辛《つら》くなってきた。つり革に両手で摑《つか》まり、上半身に体重をかけて足を少しだけ浮かせる。

今すぐに動き出せば、普段と同じように八時四十五分くらいには出勤できる。でも、それはまずい。

わたしは昨日と同じ服を着ている。

そんなん誰も憶《おぼ》えていないと思う。しかし、昨日の帰りに更衣室で川岸《かわぎし》さんと春夏の服の話をした。そこで、「立川《たちかわ》さんが穿《は》いているのスカート？」と聞かれ、「キュロットになっているんです」と裾《すそ》をつまみ上げて、ポーズまでとってしまった。リップグロスを塗りながら見ていた川岸さんは、きっと憶えていない。憶えていたとしても、問題ない。突っ込まれても、ヘラヘラ笑っておけば、状況を察してくれる。

わたしと川岸さんのやり取りに入ってこなくても、聞き耳を立てていた人がいるはずだ。誰がいたかまでは思い出せないけど、昨日は定時に上がれたから、話している間に何人かが更衣室を出入りした。その中に、わたしの服装を憶えている人が絶対にいる。昨日と同じなのが見つかったら、しつこく聞かれて、昼休みになる前には人事総務部だけではなくて、同じフロアに入っている経理部の社員まで全員に「立川さんは昨日と今日で同じ服」という話が広がっていく。

人事総務部も経理部も女性社員が多い。アラサー女子と二十代男子の恋愛ドラマや漫画にはしゃぐか、噂《うわさ》話しか話題がない。女ばかりの中にずっといるせいか、部長も噂話が好きだ。

ファストファッションでも、スーパーの衣料品売り場でも、なんでもいいから、着替えを買いたい。でも、まだ開いていない。会社の最寄駅の地下街には開いているお店が何軒かあるけど、そこで買い物をしているのが見つかる可能性はないとは言えない。

電車はまだ動かない。

どこかの駅で線路内立ち入りがあったらしい。立ち入っただけならば、その人がホームに戻れば動くはずだと思ったのに、動かない。このままだと、遅刻してしまう。遅刻するのは、もっとまずい。

わたしが住んでいるのはこの路線沿いではない。いつもは違う路線沿いにある実家から通っている。「昨日、定時で上がった後に学生の頃の友達と会って、遅くなったから泊まったんです」という言い訳を考えてみるが、そんなもの通用しない。遅刻の言い訳なんだから、追及される。誰の家に泊まったかは親じゃないんだから聞かれなくても、どこの駅から何時の電車に乗ったかは聞かれるだろう。友達ならば服を借りられるし、早すぎる電車に乗ったのも怪しまれる。これより後の電車だったら、乗る前に既に止まっているから、バスやタクシーや他の路線で会社に向かえた。電車に乗った時間をごまかしたら、更に怪しまれる。

部長に公開処刑されているのを聞いていない顔で聞きながら、相手は誰かをあぶり出そうとする人がいる。人事総務部だから社員の誰がどこに住んでいるか、簡単に調べられる。この沿線に住んでいる社員は多いし、たとえ男の家に泊まったと疑われても相手が社員とは限らない。ばれることはないと思っても、探偵並みの力で見つけ出す人がいる。わたしだって、他の女性社員が同じ日に遭っていたら、相手は誰なのかどうにかして調べ上げる。

昨日は男性向けファッション誌編集部の飯田《いいだ》さんの部屋に泊まった。ゴールデンウィークの前に付き合い始めて、まだ三週間しか経《た》っていない。お互いに結婚を考えているけど、邪魔されたくないから、社内では秘密にしている。今はゆっくりと愛を育てているところだ。終電で帰るつもりだったのに、将来の話をしていたら、遅くなってしまった。

ばれたくない。飯田さんと付き合っているのがばれたら、女性社員に妬《ねた》まれる。結婚が決まるまでは、川岸さんにだって言わないつもりだった。大手でも弱小でもなくて、中堅という一番パッとしない感じがする出版社であるうちの会社で、飯田さんは唯一と言っていいくらいパッとした男性社員だ。入社十年目で、あと何年かのうちにファッション誌の編集長になると噂されている。狙っている女性社員は多いが、仕事で知り合ったファッションデザイナーの彼女がいた。わたしみたいに短大卒の若くてかわいいだけが売りの女性社員なんて、相手にしてもらえるはずがない。憧れの存在として遠くで見ていた。

それが先月、帰りのエレベーターで二人きりになり、「飲みに行こう」と誘われた。どうして誘われたかよく分からなかったが、断る理由はない。「立川さんみたいな子と結婚したら、幸せだろうな」と言われ、「本気にしちゃいますよ」と言ったら、「本気にしていいよ」と返され、付き合うことになった。前の彼女とは今年の初めに別れたらしい。

やっと掴んだ幸せを手放したくない。

いっそ、休んでしまった方がいいかもしれない。このまま家に帰り、風邪を引いたことにすればいい。それでも何か疑いはかけられるかもしれないけど、明日出勤してまだ体調が悪いフリを通せば、済むことだ。

そうだ、休もう。

家に帰るとお母さんがうるさそうだから、どこかに行ってもいい。とりあえず、静かなところから会社に電話すれば、どうにかなる。飯田さんに言ったら、二人でどこか行けるかもしれない。ゴールデンウィークにどこか行けるかと思ったけど、飯田さんがフランスに出張だったから、デートもできなかった。会社帰りに会うだけで、二人で遠くに行ったことはない。会社をサボって遠出するなんて、素敵だ。編集部は取材や打ち合わせで会社にいないことの方が多いし、飯田さんもサボれるだろう。

「立川さん」

少し離れたところにいたグレーのスーツを着た男の人に声をかけられる。電車の中は満員というほどではないけど、つり革が埋まる程度には混んでいる。男の人は人と人の間をかき分け、わたしのところまで来る。経理部の松本《まつもと》さんだった。

「あっ、おはようございます」

「おはよう」

松本さんは仲間を発見したのが嬉《うれ》しいのか、ニコニコしている。

いつもとどこか違う気がするけど、同じフロアにいてもほとんど話したことがないから、元がどういう顔だったのか、思い出せない。確か、飯田さんと同期のはずだ。二人とも新卒だから年齢も近いはずだが、松本さんの方が三歳は上に見える。浪人とか留年とかしているのかもしれない。

「立川さんも、この沿線なんだ」

「いや、その、あの、違います」

両手で摑まっていたつり革を離し、まっすぐに立つ。片手でつり革を摑み直す。サボれないのは決定した。


「電車、動かないね」松本さんが言う。

「そうですね」

「困るよね」

「そうですね」

「会社に電話した方がいいかな?」

「そうですね」

『笑っていいとも!』で、タモリとやり取りをする観客になった気分だ。松本さんが言うことに「そうですね」とだけ返しつづける。

短大を卒業して、今の会社に勤め始めて、今年で三年目になる。

適当に仕事して、さっさと結婚相手を見つけて、一年か二年で辞めるつもりだった。結婚しても共働きじゃないと生活できないという人のところへはお嫁にいかない。医者や弁護士が来る合コンには積極的に参加した。お金があっても、見た目がタイプじゃない。お金があっても、話がつまらない。結婚したいと思える相手とは、巡り会えなかった。

お金を基準にするのをやめて、社内で話が合う人や学生の頃の友達とも付き合ってみたけど、やっぱり結婚にはお金が必要だ。こだわってしまったせいで、二年間を無駄にした。でも、その二年間があったから飯田さんと付き合えたんだ。

飯田さんは背が高くて、切れ長の目のシャープな顔をしている。ファッション誌の編集者をやっているだけあって、おしゃれだ。部屋も服装も、食べるものまで、おしゃれだ。その上、セックスもうまい。昨日も一回セックスをした後に、将来のことを話して、そこで帰れば良かったのに、二回目を始めてしまった。帰ると言って拒否しようと思っても、できなかった。思い出しただけで、頭の中がぼんやりしてしまうくらい、気持ち良かった。身体《からだ》の相性もいいんだと思う。うちの会社の社員じゃ、収入に若干の不安はあるけど、編集長になればそれなりにもらえるはずだ。わたしもかわいい雑貨屋で週三日働くくらいのパートならしてもいい。

「あっ、部長からメール届いてた」

松本さんに話しかけられ、飯田さんの姿が頭の中でパチンッと弾《はじ》けて、消える。

飯田さんのシャープな顔とは真逆と言えるくらい、松本さんの顔はぼんやりしている。色が白くて、太っているわけじゃないのに、輪郭も目鼻立ちもはっきりしない。優しそうと言えばいいかもしれないが、良くも悪くも、特徴がない顔だ。

「そうですか」少しだけアレンジして、語尾を変えてみた。

「無理しないでいいからゆっくり来いって。振替輸送とかも大変なことになってるっぽいよ」

「そうですか」

「立川さんは、会社に連絡した方がいいんじゃない？　いつもはこの路線じゃないんでしょ」

「そうですね」カバンの中からスマホを出す。

時計を見ると、九時を過ぎていた。

電車が止まってから一時間近く経った。車内の空気が淀《よど》み始めている。窓を開けて、五月の爽《さわ》やかな風が入ってきても、蒸し暑い。貧血で倒れそうなフリをして座りたいけど、本気で具合悪そうな人が何人かいる。妊婦さんやお年寄りがいる中で、つまらない芝居をする度胸はない。せめて、パンプスを脱ぎたい。

会社には必ず、ヒールの高いパンプスを履いていく。仕事中は、制服に着替えるし、靴も黒いローファーに履き替える。私服でいる時間なんてほとんどなくても、そのわずかな時間にかけて、できるだけ女の子らしいかわいい格好で出勤する。飲み会や合コンがいつ入るか分からないから、常に気合いを入れておく。短大生の頃からずっと心掛けていることだ。でも、いつまで経ってもパンプスに慣れない。

足の形が悪いのか、安いパンプスを履くのが悪いのか、爪先《つまさき》が痛くなる。家から会社までは電車と徒歩で一時間弱かかる。それくらいの時間は耐えられるようになったが、一時間を過ぎると痛くてしょうがない。ブーツは平気だったのに、春になって先の尖《とが》ったパンプスを履くようになったら、また痛み出した。先が丸い靴やヒールが低い靴は履きたくないから、我慢するしかない。

「誰かから連絡来てた？」松本さんがスマホをのぞきこんでくる。

「来てません」のぞかれないようにスマホの向きを変える。

もう九時を過ぎているのだから、会社に電話かメールをしないといけない。しかし、なんと言えばいいのだろう。どうして、この電車に乗っているかを説明しないと、話は通じない。

振替輸送も混雑しているならば、遅刻している社員が他にもいるはずだ。部長はわたしがいつも乗っている路線と同じだから、遅刻しない。川岸さんも同じだから、遅刻しない。他の人はどうだったか思い出せないが、部長と川岸さん以外にも何人かがいつも通りに出勤しているだろう。その何人かで、遅刻しそうな人に手分けして連絡をしていく。コーヒーが入っていないから、わたしがいないことに部長が気づく。立川はなぜ遅刻をしているのか？　連絡をした方がいいのか？　みんなで考える。そんな中に電話して、いつもと違う路線に早めの時間に乗りましたと言ったら、その場にいる人達にとっておもしろすぎる。

川岸さんにメールしよう。

飯田さんが相手ということは伏せて、泊まった先から会社に行こうとしたら電車が動かなくなったとだけ、伝えよう。部長や他の人へは川岸さんがうまく言ってくれる。誰のところに泊まったかは、会社に着いてから話せばいい。部長に電話して、おかしな伝言ゲームをやられるのだけは、避けたい。

〈あるところに泊まり、今は止まった電車の中にいて、遅刻します。事情をお察しください〉と、書いたメールを川岸さんに送る。

送信して三十秒も待たずに、〈了解〉と、メールが返ってきた。持つべきものは頼れる先輩だ。

「大丈夫そう？」

「川岸さんがなんとかしてくれます」スマホをカバンにしまう。

電車がどういう状況なのか、ＳＮＳやニュースサイトで確認したいけど、無駄に使わない方がいい。線路内立ち入りにしては止まっている時間が長すぎる。止まっている間に何か違うトラブルが起きたのかもしれない。このまま動かずに、ここで電車から降りて線路沿いを歩くことになる可能性もある。高架じゃないから、道路に出られる。そこからバスやタクシーに乗れるのか、近くにコンビニはあるのか調べる必要が出た時のために、充電はとっておきたい。

「川岸さんと仲いいんだね」

「仲いいってほどではないですけど、お世話になっています」

「そうなんだ」

「あれ？　松本さんと川岸さんって、同期ぐらいですか？」

川岸さんにはいつも遊んでもらっているから忘れそうになるが、わたしより十歳くらい上だ。三十歳を過ぎているのだけは分かっているから、年齢を聞いたことはない。

「いや、川岸さんは僕より一年後輩。僕は編集部の飯田とかと同期。飯田って知ってる？」

「ああ、はい」

過剰に反応しそうになったのを、どうにか抑える。

うちの会社に長く勤める人は少ない。女性社員は結婚や出産を機に辞める。男性社員は他の出版社に転職したり、ベンチャーで出版社を立ち上げたりしている。多分、飯田さんも編集長を何年かやったら、辞めるだろう。その後にどういう人生を選ぶつもりかは知らないが、わたしは妻としてそれを支える。松本さんはいずれ経理部長になり、会社に骨を埋《うず》めるに違いない。結婚するならば、その方が安泰と感じるけど、わたしは飯田さんとの愛に生きる。

恋をしているんだ、と急に実感した。

一緒にいる時に好きと感じる気持ちはもちろんある。でも、それは気持ちが浮かれちゃっているだけかなとも感じる。飯田さんのかっこ良さやおしゃれさに、騙《だま》されているのかもしれないとも感じる。けれど、そういうことから離れて冷静になっても、彼への強い気持ちがある。将来のことを計算して、やめた方がいいと思っても、乗り越えようと決意できる。この恋は、今までとは違う。

「立川さんと二人で会社に行ったら、疑われちゃうかな？」

「はい？」思わず、松本さんを睨《にら》んでしまう。

わたしと松本さんが噂になんてなるはずないじゃんと思うが、この状況はヤバい。既にヤバい状況になっているかもしれない。

止まった電車にわたし達が乗っていることは、人事総務部と経理部に知れ渡っているだろう。同じ電車に乗っている可能性に気がつき、いらない推測をする人がいる。他の人ならまだしも、松本さんとは噂になりたくない。飯田さんが女性社員の一番人気ならば、松本さんは逆の一番だ。寿退社を夢見る女性社員全員が「あれは、ない」と口を揃《そろ》えて言う。

こうして向かい合えば、見た目が悪いってほどではないと思う。一時間も止まったままの電車の中で少しも動揺しないでいるのを見ると、頼りになりそうとも思う。しかし、会社での態度を考えると、やはり「あれは、ない」としか答えようがなくなる。

松本さんは会社にいる時に存在感がない。女性社員達が話す中に一切入ってこないで、黙々と仕事をしている。電卓がいらないくらい暗算ができることを特技としていて、エクセルよりも計算が速いという伝説がある。円周率を永遠に言えるらしい。経理にいてもお金にはあまり興味がなくて、数字が好きなようだ。でも、異常な額を貯金しているという噂もある。十年も会社にいるのに、存在が謎《なぞ》すぎて、おかしな噂がたくさんできあがっている。経理部の人達は一緒にランチに行ったりもしているのに、いつまで経っても私生活が見えないと言っていた。飲み会には参加せず、有給をとって何をしているかは誰も知らない。

付き合っても、楽しいことがあるとは思えない。結婚したら、家計のことに細かく口を出してきそうだ。

「誰も僕達のことなんて、疑わないよね」苦笑いした後に、松本さんは本気でおかしそうに笑う。

「そうですね」

そんなことはない。本気で疑わないとしても、冗談で疑う人はいる。そして、その冗談が広がるうちに本気になっていく。おかしな噂の一つにわたしの話が加えられていく。女関係は見えなくて、男が好きなのかもしれないとも言われていたから、わたしみたいな女性社員との噂はおもしろがられるだろう。

「松本さん、ここで会わなかったことにして、会社休んでいいですか？」

「えっ？　駄目でしょ」

「そうですよね」

「会わなかったことにはできるけど」

「それは、お願いします」

別々に会社に行き、いつも通りに同じフロアにいても話さないでいれば、いつか噂は消える。とにかく、動揺しないことだ。わたしは松本さんが遅刻したことにさえ、気づかなかった顔をしていればいい。でも、全く気づかなかったというのもおかしいかもしれない。これ以上は、考えない方がいい。会社に行って状況を見てから作戦を練るべきだ。

「あっ、ごめんなさい」後ろに立っていたおじさんがしゃがみこむ。

おじさんは、わたしと背中合わせに立っていた男の人に手を伸ばし、水をくださいとかお礼にコインをあげますとか言う。男の人は困っている顔で、断りつづける。背は低くても、顔はまあまあかっこいい男の人なのに、頼りない感じがする。おじさんの手から逃げる足が内股《うちまた》になっている。

「立川さん、大丈夫？　ぶつからなかった？」松本さんは守るように、わたしの肩に手を添えてくる。

「大丈夫です」顔を見上げ、一瞬だけドキッとしてしまった。肩に触れられるのも、嫌な感じがしなかった。

しゃがみこんでいたおじさんは、その場に倒れる。おじさんをよけて、輪ができあがる。何も言わずに、みんな見ているだけだ。

松本さんは輪の外に寄せるために、わたしの肩を軽く押した。その力強さに、またドキッとする。おじさんが動かなくなったのを見て、松本さんは手をはなす。

「大丈夫かなあ？」

「さあ」ドキッとした恥ずかしさがこみ上げてくる。

車内は静かながら落ち着かない空気が漂い、恥ずかしがっている場合じゃないのに、触られた肩の辺りが熱くなる。

この気持ちをどうしたらいいか分からなくて、状況を変えたくなり、思わず倒れているおじさんを蹴ってしまった。

おじさんはビクッと動き、唸《うな》り声を上げる。しまった！　と思ったが、そのままいびきをかき始めた。どうやら、寝ているらしい。

「寝てるだけみたいだね」松本さんが言う。苦笑いしていたのに、身体の向きを変えて、またおかしそうに笑っていた。

「そうですね」

なんでもいいから、さっさと電車が動いてほしい。

電車が動き出したのは九時半を少し過ぎてからだった。

「ダイヤの調整をしています」と車内放送が流れて何度か止まり、会社がある終点の駅に着くまでにいつもの二倍の時間がかかった。

駅に着いた時点で、十時を過ぎていた。

松本さんは電車から降りると、「先に行くね」とだけ言い、走って改札を出ていった。何かやらないといけない仕事があり、早い電車に乗っていたのかもしれない。

駅の中のお店以外に駅ビルにあるお店も開いている時間だ。買い物をして行こうかと思ったが、足が痛くて疲れていたから、どこにも寄らずに会社に向かう。途中でコンビニに寄り、ペットボトルのジュースを買い、少しだけ休憩した。電車の中で倒れて寝込んでいたおじさんは、終点駅に着くと起き上がって、まだ眠そうな顔で電車を降りていった。おじさんもどこかのコンビニで水を買っているかもしれない。

「おはようございます」

会社に着くと、受付に派遣社員の女の子がいた。いつもは彼女が出勤してくるより前に出勤するから変な感じがする。

「おはようございます」派遣の女の子はそう言って、わたしの顔をジッと見てくる。何か言いたいことがあるのかもしれないが、からまない方がいい。エレベーターホールに行き、エレベーターを待つ。

新入社員の採用人数が年々少なくなり、わたしの同期もパチンコ雑誌の編集部に男性社員が一人いるだけだ。会社内でたまにすれ違っても死にそうな顔をしているから、あと何年もしないうちに辞めるだろう。彼は文芸誌の編集者になりたくて、出版社の採用試験を受けたらしい。手当たり次第に受けて採用されたのがうちの会社だった。しかし、うちの会社に文芸誌はない。

あるのは、高級志向のファッション誌やパチンコ雑誌、宝くじが当たる方法や億万長者になる方法を書いたムック、マイナースポーツの専門誌という購買層の狭いものばかりだ。狭い購買層に確実に売る方針らしいが、年に何誌か廃刊になる。会社自体がそろそろ潰《つぶ》れそうとも噂されているけど、節操なくあらゆるジャンルに手を出して、活路を見出《みいだ》している。

若手男性社員は少なくて、若手女性社員はもっと少ない。そういう中で、わたしと受付の派遣社員の女の子は敵対関係にある。

派遣で来ている女の子は二人いる。二人ともそんなにかわいくないから意識しなくていいと思っても、かわいくないからこそ意識せざるをえないとも感じる。受付の派遣社員はうちの社員と結婚して辞める人が多い。わたしが入社してから二年と少しの間で既に二人辞めた。これ以上、彼女達に先を越されたくない。他の男性社員はどうでもいいけど、飯田さんに色目を使ったら、受付で抗争を起こす。あんなブス達に負けるわけにはいかない。

エレベーターで四階まで上がり、更衣室で着替える。

一階の受付の奥にシステム部とネット配信部があり、二階と三階に編集部がある。四階に更衣室と人事総務部と経理部があって、五階に社長室がある。

遅刻したおかげで、着替える前に会ったのは受付の派遣社員だけだった。昨日と同じ服なのはばれないで済みそうだ。帰りは少し残業して他の人と時間をずらせばいい。

「おはよう」川岸さんが更衣室に入ってくる。

「おはようございます」

「電車、大変だったね」奥のソファーに座る。「松本さんが出勤してきたから、そろそろ来ているかと思って」

女性社員が少なくなってあいたスペースに、社長室で使っていて古くなった応接セットを置いてある。

「乗っていただけだから、大変でもないですけどね」川岸さんの正面に座り、化粧直しをする。「でも、いつもと違う路線に乗っていたからどう言い訳しようって、悩みましたよ」

「まあ、立川さんならありうるくらいにしか、みんな思ってないから気にしないでいいんじゃない」

「わたしならありうるって、なんですか？」

「恋人の家に泊まるっていうことが、まだちゃんと日常として残ってるってことだよ。私とかだったら、部長も大騒ぎだと思うよ。いや、誰も男の家とは思わないかな」

「そんなことはないんじゃないですか」

確かに、川岸さんがわたしと同じ状況になっても、友達の家か親戚の家にでも泊まったのだろうとしか思われない。だからって、「そうですね」とは言ったらいけない状況だ。五年くらい前まで彼氏がいたらしいが、その後どうなのかは誰も知らなかった。ランチに行ったり、飲みに行ったりしても、わたしが一方的に男のことや仕事の愚痴を言うだけだ。

人事総務部にはわたしと川岸さんの他に女性社員が三人いる。経理部には女性社員が四人いる。結婚している人が経理部には一人いるが、他は全員独身のアラサー女子だ。彼氏がいたりいなかったりするみたいだけど、噂にできる軽さは年々なくなってきている。

「そうかな？」

「はい」

「豊田《とよた》君と別れてなかったんだね？」

「ああ、違います。豊田君とはゴールデンウィークより前に別れました」

「あっ、そうなんだ」

豊田君はパチンコ雑誌編集部の社員だ。飯田さんのマンションの二駅先のアパートに住んでいる。大卒で去年入社したから会社ではわたしより後輩だけれど、年は上という微妙な距離感がある関係だった。去年の十月にパチンコ雑誌のイベントの手伝いをした後の飲み会で、その微妙さを気持ち悪いねとお互いに言い合い、そこから一気に距離が縮まった。

わたしには他に彼氏がいたから友達という関係で、何度か飲みに行った。今年の初めに彼氏と別れ、その話をしたら、付き合おうと言われた。話は合うし、ノリも合うから長くつづくかもしれないと思ったけど、飯田さんに誘われて別れた。豊田君と飯田さんじゃ、比べるまでもない。

どっちにしても、豊田君は仕事が忙しくて会える時間が減っていたから、長くつづくというのは幻想でしかなかった。たまに会っても、部屋でお酒を飲んでセックスをするだけだった。結婚を考えられる相手ではない。

飯田さんも忙しいけど、山のような雑用がある新入社員ほどではない。飲みに行くのも、おしゃれなイタリアンやスペインバルに連れていってくれる。

「今、誰と付き合っているの？」

「言えません」リップグロスを塗る。

「えっ？　不倫とか？」

「違います」

「立川さんはいかにも不倫しそうなのに、それだけはしないもんね」

「不倫なんてしても、結婚できないじゃないですか」

「そんなに結婚にこだわらなくていいんじゃない？」

「不倫しろってことですか？」鏡から顔を上げて、川岸さんを見る。

「そういうことじゃないよ」

「ですよね」笑いながら、川岸さんの若作りもキツいなと考えていた。

周りにいる人がアラサーばかりなせいか、制服で働いていて私服に社会性が求められないせいか、人事総務部も経理部も女性社員の私服が妙に派手で若作りだ。制服に着替えても、つけまつ毛やアイラインにその片鱗《へんりん》が残っている。キュロットスカートのミニなんて、若いから穿けるものなのに、わたしの真似《まね》をして穿いてくる人がいるだろう。太腿《ふともも》に張りがないアラサー女子にミニはきつい。隠そうとしてタイツやレギンスを穿くのは、これからの季節は暑苦しい。

短大を卒業して就職した頃は、仕事は適当にやって結婚して寿退社すると思っても、そこまで本気ではなかった。

働き始めたら、人事総務部に久しぶりに入った新人としてみんなにかわいがってもらい、仕事は楽しかったし、自分が働いた給料で好きな物を買えるのは嬉しかった。実家に生活費は入れているけど、一人暮らしの友達よりもお金を多く使える。結婚したら好きにお金を使えなくなると考えたら、しばらく独身でいてもいい気がした。しかし、仕事をおぼえて会社に慣れてくると、周りがよく見えるようになった。自分も他の女性社員みたいにいつまでもここにいるのかもしれないと思うと、怖くなった。

わたしには一回り上のお姉ちゃんがいる。

まだ独身で実家にいる。姉妹で顔は似ていても、体型は違う。お姉ちゃんはデブとまでは言わないが、メリハリがないだらしない身体をしている。いつも帰りが早いし、もう何年も前から彼氏がいる気配がない。見た目に無頓着《むとんちゃく》で、スッピンでも平気で出歩く。同人誌を主に作っている印刷会社に勤め、アニメや漫画の主人公に恋している。部屋には漫画が溢《あふ》れ、リビングにはアニメのDVDが積んである。わたしも短大生の時には古い漫画をこっそり借りて読んでサブカル女子ぶったりもしていたけど、今はなるべく関わらないようにしている。趣味が違うから、わたしがお姉ちゃんみたいになっちゃうことはないと思っても、自分の十年後を見ている気分になることがあった。このまま結婚できなかったら、自分をどうにか肯定するために、趣味や資格取得に走るしかなくなる。

川岸さん達は若作りしても、女子らしいことにも興味があるし、仕事もできる。お姉ちゃんみたいだとは思わない。でも、結婚ができないという点では同じだ。

朱に交わって赤くなっている場合ではない。自分は結婚して、ここから抜け出そうと決意した。

「でも、言えないってことは社内の人が相手なんだ?」川岸さんはわたしの化粧ポーチに手を伸ばしてくる。

「まあ、そうですね」話しながら、飯田さんの顔を思い出す。それだけで顔がにやけてしまう。

「これ、新作？」ポーチからチークを出す。

買ったばかりの限定カラーのものだ。化粧品の話もしたいけど、それより今は飯田さんのことをもっと聞いてほしい。焦《じ》らして焦らして、わたしだけニヤニヤして優越感に浸りたい。

「そうですよ」

「キレイな色だね」

「限定カラーですから」

「へえ、いいな」チークを手にはたいて色を見ている。「ちょっと派手かな」

「それくらい派手でもいいんじゃないですか？」

若作りもおかしいけど、派手な色を避けるようになったら、今度は老けこむ。

「そうかな」

「それより、彼氏のことをもっと聞いてもらえませんか？」

「話したいんでしょ？」わたしの顔を見て、川岸さんはにやりと笑う。

「はい」

新入社員研修からお世話になり、二年と少しの間にわたしに何があったかを川岸さんは全て知っている。優越感に浸りたいという安っぽい願望まで、見透かされている。

「相手が誰か教えてよ」

「いや、それはまだ言えません」

「社内で、立川さんがまだやってない相手でしょ？」

「せめて、付き合ってない相手と言ってください」

「ああ、ごめん、ごめん」

「それに、付き合った相手も社内では三人目ですからね」

「あれ？　そんなもんだっけ？」

「はい」

「三人でも、多いけどね。四人目はやめておきなさいね。良くない噂しかされなくなるから」

「大丈夫です。今の彼と結婚すると思うんで」

「そうなの？　誰だろ？　立川さんが好きそうなタイプね」

「言ってもいいですか？」秘密にしていることが我慢できなくなってきた。

「言いたいんでしょ？」

「はい」

「どうぞ」

「ファッション誌編集部の飯田さんです」

「はっ?」川岸さんは顔を顰《しか》めて、かたまる。

「飯田さん、知ってますよね?」

「分かるけど、やめなよ」

「えっ、なんでですか?」テーブルの上に身を乗り出す。「人気があるからですか?女性社員に妬まれるからですか?」

「いやいや、飯田さんのことなんて、誰も本気で好きじゃないから」顔の前で手を叩《たた》き、爆笑する。

「そうなんですか?」

「最近はおとなしくなったから、かっこいいって言う人もいるけど、それは弟を見る目に近いのかな。昔はあんなにヤンチャだったのに、大人になってってって感じ。安心して騒げる相手っていうだけだよ。誰も本気で狙ってる相手のことは言わないから」

「どういうことですか?　ヤンチャってなんですか?」

「立川さんがそれでも好きって言うなら止めないけどね。やめた方がいいと思うな」

川岸さんは立ち上がる。「遅刻してるんだから、早くしなさいよ」更衣室を出ていく。

「ヤンチャってなんですか？」背中に向かって聞いてみたが、答えは返ってこないで、ドアが閉まった。

化粧ポーチを片づけ、カバンを持って、更衣室を出る。人事総務部の自分の机に行く。

「おはようございます」

保険関係の書類や会議室の使用に関する伝言を書いた付箋《ふせん》が数えきれないくらい机に貼《は》ってあった。いない時に限って、朝から問い合わせがあったようだ。

「おはよう」誰も特に何も言わず、仕事をつづける。川岸さんは電話中だった。

「遅れてすみませんでした」部長に言い、席に着く。

経理部の方を見ると、松本さんと目が合った。メガネをかけていた。仕事中はメガネをかけているのに、外ではかけていないから電車で会った時はいつもと違う感じがしたんだ。

お昼休みになり、川岸さん達とランチに行こうとしていたら、内線が鳴った。女性ファッション誌編集部からで、三階の会議室が汚いから掃除してくださいということだった。

　会議室使用の予約管理は総務の仕事だけど、掃除は使用する編集部の仕事だ。ただ、前に使った編集部が汚したままという時は、掃除してくださいと言っても誰もしてくれない。編集部同士で揉《も》めごとになる場合もあるため、総務部がやる。トイレやロビーを掃除してくれるおばちゃんがいるが、会議室は社外秘の資料が置いたままになっていたりするから、頼めない。おばちゃんの仕事の範囲でもない。

「手伝おうか？」川岸さんが言う。

「大丈夫です。きっと、そんなに汚れていないと思うんで」

「じゃあ、先に行ってるね」

「終わったらすぐに行きます」

　ランチに行く川岸さん達を見送り、三階の会議室に行く。

　編集部の中で、女性ファッション誌編集部だけは女性社員が多くて、他の編集部は男性社員ばかりだ。会議室は禁煙と書いてあるのに、煙草を喫《す》ったりする。机の位置を戻してキレイにしてくれても、吸殻が残ったままの灰皿が置いてあることがある。男性社員同士は気にならないらしいが、女性社員は気にする。特にうちの会社の結婚できない女の代表でもある女性ファッション誌の編集長はすぐに怒り、人事総務部に内線をかけてくる。

今日も灰皿がある程度のことだろうと思ったが、会議室に入って腰を抜かしそうになった。

昨日の夜にここを使ったのは、パチンコ雑誌編集部だ。わたしが帰る時はまだ会議中だった。何があったのか、机も椅子《いす》も入り乱れている。火事にならないように一応よけたのか、机の端に吸殻が山になった灰皿が置いてある。あき缶が転がっていて、拾ってみたらビールだった。お祝いか何かで送られてきたものをあけたのだろう。社内のどこにも書いていないが、もちろんお酒も飲んだらいけない。お酒を飲んでいいのは、仕事納めの日とか特別な時だけだ。

窓を開けて換気する。灰皿を給湯室の流しに持っていき、ゴミ袋を持って会議室に戻る。転がっている缶を拾い、非常階段横のゴミ捨て場に置く。もう一度給湯室に行って雑巾《ぞうきん》を取ってから会議室に戻り、床に零《こぼ》れたビールを拭く。

ここまでのことをされるといい加減にしてほしいと思うが、仕事は嫌いではない。

人事総務部で一番の下っ端であるわたしの仕事は、社内の雑用みたいなことばかりだ。雑用係と思っている社員も多いだろう。エレベーターの隙間《すきま》に物を落としたとか、階段の滑り止めが剝《は》がれているとか、わたしにはどうすることもできない仕事を頼まれることもある。無理なことは無理と断るけど、できるだけのことはやる。大半の人が仕事だからやって当然という態度をとる中で、お礼を言ってくれる人もいる。

うちの出版社は短大卒でも、編集部に配属されることはある。入社したばかりの頃は女性ファッション誌の編集部で働きたいと考えたことも少しだけあった。でも、案を出して記事にするという自発的な仕事はわたしには向いていない。編集部の人達にとって働きやすい環境を考え、誰かのために働く方がわたしには向いている。

床を拭いた雑巾が真っ黒になる。

うちの会社のバカな社員達のためではなくて、誰か一人のために働けるようにしてください。

雑巾を見ながら、神様にお願いする。

男性社員は「ありがとう」くらい言ってくれるが、女性社員は言ってくれない。文句を言うだけで、お礼の気持ちなんて持ちもしない。

仕事に対してどんなに前向きに考えてみても、やっぱり駄目だ。できるだけ早く辞めたい。

「立川さん、ごめん」会議室のドアが開き、豊田君が入ってくる。

「ああ、いいよ」

「昨日、うちの編集部が使って」

「うん、知ってる」

「会議が行き詰まって。ちょっと息抜きするつもりだったんだけど、編集長と副編集長が酔っ払って、揉めちゃってさ」

「大変だったね」事実なのかもしれないが、自分には責任がないと主張するための言い訳にしか聞こえない。

「昨日の夜はもう気力なかったから、朝一で来て掃除するつもりだったんだけど」

「そうなんだ」穏やかに話したかったが、声に苛立《いらだ》ちをこめてしまった。

「電車が止まってダイヤ乱れたりして、大変で」

「電車、止まったけどさ、ダイヤも乱れたけどさ、もっと早くに来れたよね」雑巾を豊田君に投げつけたかったけど、堪《こら》えた。

「いや、もう本当に大変だったんだって」

「わたしが路線違うから知らないと思ってんだろうけど、止まった電車に乗ってたから」

「へえ、そうなんだ」どうにかして許してもらおうという態度から一転して、にやついている。「立川さん、オレと別れた後に飯田さんと付き合ってんだって?」

「なんで、知ってんの?」

「昨日も飯田さんの部屋に泊まったんだ？」わたしの質問には答えずに、にやついたままで質問を返してくる。

「豊田君には関係ない」

「関係あるとは思われたくないよ。お前なんかと」

「お前？」

「いい加減にしておいた方がいいんじゃないの？　結婚したいの丸出しで見苦しいって。簡単に付き合えるから、誰でもやれるって言われてるよ」

「飯田さんとは真剣に付き合ってるから」

「飯田さんがお前なんかと真剣に付き合うわけないじゃん。ちょっと口説いたらすぐにやれたって言って回ってるよ。オレもすぐにやれましたって言って、意気投合しちゃったよ」

「嘘《うそ》。飯田さんはそんなこと言わない！」

「飯田さんの彼女、夏までフランスに留学してるんだって。デザイナーって知ってんだろ？　お前みたいな雑用係を相手にするはずないじゃん。帰ってきたら結婚するらしいから、お前と遊ぶのもそれまでだよ」

「信じない」

「信じなくてもいいけど、次を社内で探すのはやめておけよ」豊田君はわたしの肩をポンッと叩き、会議室を出ていく。

後ろ姿に向かって雑巾を投げる。閉まったドアに当たって落ちた。

親切で言ってくれたと考えたが、そんなわけない。

良くない噂をされているのは知っているし、自分の行動が良くないことも分かっている。それでも、豊田君と付き合っていた時は豊田君を好きで信じていたし、今は飯田さんのことを好きで信じている。

川岸さんが言うように、前の飯田さんは付き合わない方がいい相手だったのかもしれない。あれだけセックスがうまいのは、それなり以上の人数を相手にしてきたからだろう。けど、わたしとのことは真剣に考えてくれている。

でも、本当は信じてない。

飯田さんは結婚しようとは言ってくれる。それなのに、具体的な話をしようとすると、どうにかして話を逸《そ》らす。昨日も、こういう家に住みたいとか子供は二人欲しいとか将来の理想を話しているうちは聞いてくれた。夏になる前に両親と会ってほしいと言ったら、考えておくとだけ言われて具体的に決めないまま、二回目のセックスをしてごまかされた。

信じるって、わたしが勝手に決めただけだ。

掃除が終わって机と椅子を並べ直して、会議室を出ると、十二時半近くになっていた。川岸さんに〈時間かかっちゃったんで、ランチは一人で軽く済ませます〉とメールを送る。

会社から十分くらい行ったところに安くておいしいイタリアンのお店がある。ランチタイムは混雑していて、なかなか入れない。今日は川岸さんが予約してくれていた。予約したのが無駄になるのも悪いし、遅れてでも行こうかと思ったが、お店まで行ける気がしなかった。古くなった油の揚げ物でも食べたみたいに、胸の辺りが重い。

四階の人事総務部に戻る。

経理部の結婚している女性社員は自分の席でお弁当を食べていて、人事総務部の部長も愛妻弁当を食べている。松本さんが席に残って、仕事をしていた。

「立川さん、早いな」部長が言う。

「まだお昼行ってません。会議室の掃除していました」

「そうなの？　お昼ゆっくり行ってきていいよ。今日は朝から大変だったんだから」

「はい」化粧ポーチを持って、トイレに行く。

部長の優しさに一瞬だけ気持ちが軽くなったが、大変と言われたのが嫌味に思えてしまい、また重くなる。

トイレに入り、手を洗う。石鹸《せっけん》で洗っても、雑巾やビールのにおいが残っている気がした。煙草のにおいもとれない。化粧を直して、トイレを出る。人事総務部に戻り、財布とスマホとハンカチをランチ用のカバンに入れて、エレベーターホールに行く。

「立川さんもこれからお昼？」エレベーターを待っていたら、隣に松本さんが立った。メガネは外していた。

「松本さんもですか？」

「はい」

「いつもより遅いんですね？」

「今日の十三時までに作らないといけない書類があって、遅刻したから間に合わないかと思ったけど、急いだら三十分早くできた」

「そうですか」

エレベーターに乗り、一階のボタンを押す。

「お昼、どこに行くの？」

「隣のカンボジア料理で済ませます。時間ないんで」

「カンボジア料理？」

「行ったことないですか？」

「すごい前に一回だけある。カンボジアだっけ？　ベトナムじゃなかった？」

「カンボジアです。でも、メニューはフォーとかです」

　看板にはカンボジア料理と書いてあり、カンボジア人らしき女の人が経営している。アジアのあの辺りがどこでどう区切られているかよく分からないし、何がカンボジア料理なのかも分からない。メニューはフォーとか生春巻きとか、甘辛く煮込んだ鶏肉とかで、ベトナム料理の店と同じだ。

「一緒に行ってもいい？」

　同じフロアで働いているし、朝のこともあるし、同じタイミングでお昼ごはんに行くから誘われても、変ではない。この状況で違う店に行くという選択の方が気まずい。分かっているのに、なぜか寒気がした。

「わたし、松本さんとはやりませんよ」

「えっ？」松本さんは口を半開きにして、驚いている顔をする。

「あの、えっと、ごめんなさい。なんでもないです。カンボジア料理、一緒に行きましょう」

松本さんが悪くて寒気がしたんじゃなくて、自分が悪いんだ。良くない噂をされるようなことをする自分が悪いのに、そういう目で見られることを気持ち悪いと感じた。わたしなんかのことを松本さんはそういう目で見たりしないのに、過剰に反応した。

「大丈夫?」

「はい」頷《うなず》いたのと同時に涙が零れ落ちた。

重くなった気持ちや恥ずかしさをどうしたらいいか分からない。

エレベーターが一階に着き、ドアが開く。

「とりあえず、降りよう」

「ごめんなさい」カバンの中からハンカチを出して、涙を拭く。

「いいから」

背中を松本さんに支えられてエレベーターを降りて、外に出る。受付の女の子に見られているのを感じたが、強がることもできなかった。

隣のビルの二階にあるカンボジア料理屋に入る。

「あら、泣かしたの?」店主のカンボジア人らしき女の人がタメ口で声をかけてくる。

「僕じゃないです。あれ、僕なのか?」松本さんが言う。

「駄目な男だね」

「いや、なんか違います。とりあえず、奥いいですか？」

「どうぞ」

　窓側の一番奥の席に座る。この店は、ランチタイムに来ても、いつもすいている。夜の営業がメインなようだ。

「大丈夫？」店主がおしぼりを持ってきて、わたしに直接渡してくれる。

「大丈夫です」おしぼりをもらい、目の周りを拭く。

「どうする？　何食べる？　温かいもの食べた方がいいよ」

「立川さん、どうする？」松本さんがわたしの前にメニューを広げてくれる。「僕は鶏肉のフォーと生春巻きのランチセットにしようかな」

「わたしも、同じもので」

「ちょっと待っててね」コップを二つとお茶が入ったポットをテーブルに置き、店主は厨房《ちゅうぼう》に入っていく。

　松本さんがお茶を注《つ》いでくれる。

「カンボジアのお茶なのかと思ったけど、麦茶だね」お茶を一口飲んで、松本さんが言う。

「はい」

「もう大丈夫？」

「はい、すいませんでした」

「朝から大変だったし、疲れたよね」

言っていることは部長と同じだけど、嫌味とは感じなかった。

「松本さん、わたしなんかと一緒にいない方がいいですよ」

「どうしたの？」

「噂されます」

「朝は、僕達のことなんて誰も疑わないって話になったじゃん」

「なんでもかんでも好き勝手に噂する人が社内にはいるじゃないですか」

頭に浮かんだのは、飯田さんと豊田君の顔だった。二人でわたしのことを話して、笑っている。松本さんと二人で会社を出たところを受付の女の子に見られたから、既に豊田君には噂が届いているかもしれない。

「まあ、そうだね。好きに話すからな」

「わたしがどう噂されているか、松本さんも知ってますよね？」

「知らないわけじゃないけど、ほとんど知らない」

「そうなんですか？」

「僕が社内で聞く噂は、経理部で話せる範囲だから。編集部に書類を持っていった時に立川さんのことを聞かれたことはあるけど、僕はそういう話には参加しない」

「そうですか」

「ごめんね。二人で会社に行ったら、疑われちゃうかな？　って言ったの、無神経だった」

「いえ、大丈夫です。気にしないでください」話していたら、気が楽になってきた。朝も、松本さんが一緒にいてくれたから、一時間半も止まった電車の中で平気でいられたのかもしれない。一人だったら、不安になって色々と考えていただろうし、時間ももっと長く感じた。松本さんがいたから、何か起きても一人じゃないと思えた。

「噂のことはよく知らないけど、僕が知っている立川さんは仕事ができるいい子だから」

「仕事できませんよ」

「立川さんは、朝は他の人より早めに出勤して、コーヒーを淹れて掃除をしてくれる。他の人が嫌がる仕事でも、文句を言わずにやる。担当外の仕事を押しつけられたら、冷静に説明して断る」

「それは、仕事ですから」

「割り切れる人ばかりじゃないよ。川岸さんなんて、内線でキレまくってんじゃん」

「そうですね」

編集部から電球の交換を頼まれた時に、川岸さんはビルの管理会社の仕事であって担当外だということを怒気を含ませて説明して、前にも同じ説明をしたはずだと説教までしていた。

「誰かのことをおもしろおかしく言う奴は、誰のことも言うんだから相手にしないでいいんだよ」

「はい」

「立川さんのいいところを見ている人はいるから。僕だけじゃなくて、部長とか川岸さんとかも」

「ありがとうございます」

「そのうちに何も言われなくなるよ。僕も新入社員の頃は色々と噂されたけど、今は誰にも関心持たれてないから」

今も松本さんは関心持たれていて、超人伝説のような噂がありますとは言わない方がいいだろう。

「外ではメガネじゃないんですね？」話を逸らす。

「メガネを使うのはパソコンを見る時だけ。ブルーライトなんとかってやつ。視力はいいんだ」

「わたしはコンタクトだから羨《うらや》ましいです」

「二・〇あるから」

「えっ？」やっぱり超人なんだ。

「遠くまでよく見えるよ」

「いいですね」

「近くのものもよく見える」松本さんはわたしの顔を見て言う。「目の周り、真っ黒だよ」

「早く言ってください。お手洗いに行ってきます」カバンを持ち、トイレに行く。

慌てているわたしを見て、松本さんは声を上げて笑う。

トイレに入って鏡を見ると、マスカラとアイラインがにじんでパンダ目になっていた。泣いても平気なウォータープルーフだが、おしぼりで拭いた時にこすれて落ちたのだろう。化粧ポーチは持ってきていないから、ハンカチを濡《ぬ》らして拭き取る。

男の人にこんな顔を見られたら、最悪だと落ちこむところだけど、松本さんが相手ならば大丈夫だと思えた。恋愛対象ではないからじゃなくて、見た目で人を判断しない人だ。電車で会った時は嫌だなと感じてしまったが、運が良かったんだ。話していて楽しいとはしゃげる人ではないのに、退屈はしない。二人でいると、心が穏やかになる。

線路内に立ち入って電車を止めた人は、朝から大変な思いをしただろう。何があったかは知らないが、自分が原因で電車が一時間半も止まったら、その罪悪感や恥ずかしさは想像以上に違いない。駅員さんや駅にいた人達も、電車に乗っていた人達も、全員が大変な思いをした。でも、わたしにとっては良かった。電車が止まって、そこで会えたから、松本さんと話せるようになった。

結婚するならば、飯田さんや豊田君みたいに軽い男より、松本さんみたいに堅実な人が一番だ。

トイレから出て、席に戻る。鶏肉のフォーと生春巻きのランチセットが運ばれてきていた。

「化粧しないと顔変わるね」松本さんは笑いながら言う。

朝までは、見た目が悪いってほどではないとしか思っていなかったのに、今は優しそうな笑顔がかっこ良く見える。

「変わりません。スッピンになったわけじゃありませんから。マスカラとアイラインが薄くなっただけです」

「そっか。目の周りが違うだけで、一気に幼くなるな」

「幼くないです」フォーを食べる。胃の中がジワリと温まっていく。

「立川さん、短大卒だっけ？　何年目？」

「三年目です」

「まだ二十三歳か。子供じゃん」

「二十二歳になったばかりです。早生まれなんで。でも、子供じゃありません」

　結婚したいとばかり考え、大人になってしまうと焦っているのは、わたしがまだ若くて、子供だからだ。世界はきっと、わたしが思っているより広い。焦って結婚しても、損をする。うっかり豊田君や飯田さんなんかと結婚していたら、こうして松本さんと話せることはなかった。

「震災の時って、まだ学生だった？」

「はい」

「どこにいた？」

「バイトしてました。コーヒーショップなんですけど、カップを置いてある棚が倒れちゃって、すぐにお店閉めて片づけて、余震があったから夕方まで待って、歩いて帰りました」

「一人で？」

「バイトの友達と一緒に途中まで行って、その後は一人でした」

家まで歩いて二時間もかからないから余裕で帰れると思ったのに、一人で歩くのは心細かった。スマホの充電が切れそうだったから情報を見ることができなくて、また大きな揺れが来たらどうしようと怯《おび》えながら、歩いた。店を出た時は明るかったのに、すぐに陽《ひ》が沈んで暗くなった。家に着いたら、お母さんとお姉ちゃんが出迎えてくれて、玄関で泣いた。夜遅くにお父さんが帰ってきて、やっと安心できた。

「そっか」

「なんで、そんなこと聞くんですか？」

「いや、朝の電車の中で、冷静だったから。どうしたらいいか分かってるんだと思って。もっと騒いだり、ＳＮＳ見たりするタイプだと思ってたのに」

「スマホの充電は命綱ですから」

「そうだね」

「松本さんは、何していたんですか？」

「会社にいて、会社に泊まった。だから、今日の朝みたいな状況の対応力は立川さんより低い。一緒にいてくれて、助かった。ありがとう」

「どういたしまして」

二人とも、黙って麺《めん》をすする。

「松本さんは、ずっとうちの会社で働くんですか？」黙っているのも気まずいので、話す。

「誰にも言わないでほしいんだけど」声を小さくする。

「はい」わたしも小声で頷く。

「来年で辞めるんだ」

「辞めて何するんですか？」

「税理士事務所を開く。資格持ってるから。十年働いて、節目だし」

「そうですか」

また、黙って麺をすする。そのまま、黙って生春巻きを食べる。お客さんが来て、店主のタメ口が店に響く。

税理士という言葉がわたしの頭の中で輝いている。

残業して、人事総務部と経理部の女性社員が全員帰った後に帰ろうと思っていたのに、川岸さんがまだいる。机に広げたファイルとパソコンの画面を見比べている。まだまだかかりそうだ。わたしはキリがいいところまで仕事が終わったし、無意味に遅くまでは働けない。

「お疲れさまです。お先に失礼します」まだ働いている部長と川岸さんに言う。

「あっ、もう六時過ぎてるんだ」川岸さんは顔を上げて、壁にかかっている時計を見る。「私も帰ろう」ファイルを閉じて、帰る準備を始める。

やっぱりもう少し働きますと言うのは、変だ。

できれば昨日と同じ服なことを誰にも見られずに帰りたかったが、川岸さんなら大丈夫だろう。昨日、わたしが何を着ていたか憶えていないかもしれない。たとえ噂されたとしても、今のわたしには松本さんがいるから何を言われても平気だ。そもそも、男の家に泊まったことはばれている。定時で帰ると色々な人に色々言われるからそれは避けたかったけど、川岸さんには朝も話したことだ。

川岸さんと一緒に更衣室に行く。

「飯田さんのことだけどさ」着替えながら、川岸さんは話す。

わたしのロッカーの前に川岸さんのロッカーがあるので、背中合わせで着替える。

「あっ、飯田さんのことはもういいです。別れます」

「そうなの？」制服のブラウスを半分脱いだ状態で振り返る。

「はい」わたしはシャツを着ながら、振り返る。

若さやハリでは負けないと思っても、川岸さんの身体からはわたしには出せない色気を感じる。制服から私服に着替えながら、フェロモンを出している。何も言わないし噂もないけど、彼氏はいる気がする。

「なんで？」

「デザイナーの彼女と別れてないらしいです」

「そうなんだ。誰に聞いたの？」

「豊田君に聞きました」

話しながら着替えつづける。

「えっ？　豊田君とヨリ戻すの？」

「戻しません。どうしてそうなるんですか？」

「だって、他にいい人がいるから、潔く別れるんじゃないの？」

「違います」着替え終わり、奥の応接セットで化粧直しをする。

これからは会社帰りは軽く化粧直しをするだけで良くなる。会社にいる時こそ、キレイでいたい。松本さんのことをいいなと思っても、簡単には付き合えないだろう。

今日みたいに一緒にランチに行く間に、お互いのことを知っていき、その後に結婚を前提にという話になればいい。飯田さんや豊田君みたいに、すぐにやっていい相手ではない。わたしのことを真剣に考えてもらいたいし、わたしも松本さんのことを真剣に考える。他の男を見る必要はなくなった。

今まで辛い思いや苦しい思いをしたのは、今日のためだった。電車の中で会えたのは、運命だったんだ。結婚は税理士事務所が落ち着いてからでいいだろう。

「でもさ、飯田さんの話も噂でしょ？　本人とちゃんと話したの？」川岸さんも着替え終えて、わたしの前に座る。

「話してませんよ。でも、彼女とわたし以外にも女がいそうだし、もういいんです」

ゴールデンウィークにフランスに行ったのは、出張じゃなくて、彼女と会うためだったんだ。付き合って三週間、会ってセックスをしなかったことはない。何人もの女とやっている男にセックスの相手として認められたことだけは、誇りに思っておこう。

「確かめたわけじゃないんでしょ？」

「いいんですよ。これからはもっと堅実な相手を探すんです」

「やっぱり、誰かいるんでしょ？」

「いませんよ」

「嘘だ。立川さんがこういう相手を探すんですって言う時は、すでにそういう相手がいる時だもん。でも、堅実っていうのは、今までとタイプが違いそうだね」

「川岸さんにだけ言いますけど」川岸さんと話していると、つい喋《しゃべ》りたくなってしまう。「タイプが違うからこそ、運命っていう気がしてるんですよね。今まで付き合った男は彼に会うための悪い例だったんだって」

お金以外に、見た目や話のおもしろさを基準にしていたから、今までは駄目だったんだ。見た目が良くて話がおもしろい男なんて、遊んでいる。

「ああ、そう」興味なさそうにして、リップグロスを塗っている。

「もう昨日と同じ服で会社来たりしませんよ」

「昨日も、そのスカートだったっけ？」

「そうですよ。スカートじゃなくてキュロットですけど」

「そういえば、そんなこと言ってたね」

噂話には参加するのに、川岸さんはあまり人に興味を持たない。人の話を聞いていないこともあるけど、大袈裟《おおげさ》に騒いだりもしないから気楽になんでも話せる。

「川岸さんは誰かいい人いないんですか？」

「いないよ」リップグロスをポーチにしまう。

「本当はいるんじゃないですか？」

「いたら、言うって」

質問を重ねても、顔色一つ変えない。

「税理士って、儲《もう》かりますよね？」

「はっ？」急に慌てた顔になる。

分かりやすいくらい動揺して、ポーチをテーブルの下に落とす。

「川岸さんの彼氏、税理士なんですか？」

「違うけど」

「じゃあ、なんで動揺したんですか？」

「してないよ」ポーチを拾いながら言う。「人によると思うけど、士がつく資格だし、儲かるんじゃない？」

「そうですよね」

「あのさ、立川さんが狙っている相手って、松本さん？」川岸さんは身体を起こし、座り直す。

「それは、言えません」

「松本さんはやめなさいよ」わたしの目を見て言う。

「なんでですか？　松本さんも前はヤンチャだったんですか？」

「私と付き合ってる。来年、結婚するから」

「はい？」

「揉めるの面倒くさいから、奪おうとか思わないでね。じゃあ、お疲れさま」ポーチをカバンに入れて立ち上がり、更衣室を出ていく。

「彼氏いないって、言ったじゃないですか？」背中に向かって聞いたが、答えは返ってこなかった。

松本さんへの気持ちが一気に冷めていく。

他の女性社員だったら分からないが、相手が川岸さんじゃ、無理だ。川岸さんにはお世話になっている。幸せになってもらいたい。今日ちょっと浮かれちゃった気持ちより、川岸さんへの気持ちを大切にするべきだ。惜しいとは思っても、結婚も決まっているならば、わたしが言い寄っても、松本さんも川岸さんも困るだけだ。川岸さんみたいな婚約者がいるならば、松本さんがわたしに心変わりすることもない。

今日の松本さんのわたしに対する優しさは、川岸さんの後輩だからだ。

どこかに遊びに行きたい気持ちがあったが、まっすぐ家に帰ることにした。これからは真面目《まじめ》に生きて、松本さんみたいに堅実な相手を探すんだ。

「今、帰り？」駅から家まで歩いていると、後ろから声をかけられた。振り返ったら、お姉ちゃんがいた。

「うん。お姉ちゃんも？」

「うん」

お姉ちゃんと二人で外を歩くのは久しぶりだ。話すのも久しぶりだった。家にいて会話がないわけじゃないけど、お風呂入る？　と聞かれて頷くとか、おかえりと言われてただいまと返すとか、その程度だ。帰ってきたお姉ちゃんにわたしがおかえりと言うことはないし、ただいまと返さない時もある。態度が悪い妹だと自分でも思うが、お姉ちゃんが怒ることはない。一回り離れているから、姉妹でけんかしたこともなくて、わたしはいつも甘やかされている。

「今日、早いね？」お姉ちゃんが言う。

「いつも、こんなもんだよ」

いつもは、飲みに行ったり合コンに行ったり、彼氏と会ったりするから、もっと遅い。空は暗くなっているが、住宅街の中に夕方のざわめきが残っている。どこか遠くから何かを炒《いた》めている匂《にお》いがする。家で夕ごはんを食べるつもりだったけど、わたしの分なんてないかもしれない。

「そうでもないね。もっと遅いね」わたしが言う。

「そうだよ。もう少し早く帰ってきて。お母さんやお父さんとも話しなさいよ」

お姉ちゃんはアニメか漫画のキャラクターを描いたＴシャツを着てジーパンを穿いている。黒縁のプラスチックフレームのメガネをかけているが、似合っていない。できれば、隣を歩きたくない。しかし、今日はいい妹でいよう。堅実な相手と出会うために、わたし自身の心の改善が必要だ。

「足、痛いの？」

「うん」

会社ではローファーを履いていたから痛みはおさまっていた。帰りは平気だろうと思ったが、まだ痛い。

「大丈夫？」

「うん」大丈夫じゃないけど、家まではもう少しだ。

スイミングクラブのマイクロバスが止まり、降りてきた子供達がわたしとお姉ちゃんの横を駆け抜けていく。

「来月で家を出るから」

「何？」子供達の声で、よく聞こえなかった。

「梅雨《つゆ》になる前に引っ越す」

「一人暮らしするの？　そんなに給料もらってないでしょ？」

「結婚するの」

「はあっ？」大きな声を上げてしまい、子供達が振り返る。何もないと分かると、また走っていった。「そんな話、聞いてないけど」

「話があるって言ったのに、聞いてくれなかったから」

「ああ、そういえば、言ってたね」

何度か言われたが、眠いとか忙しいとだけ答えて、何も聞かなかった。

「結婚式は来年の春だけど、来月から一緒に暮らす」

「そう」

「今度、家族同士の食事会もやるから、ちゃんと来てね」

結婚式ではお姉ちゃんもウェディングドレスを着るのだろうかと想像して、似合わないだろうなと思ったら、笑いそうになった。それなのに、なぜか急に涙が溢れ出た。

「どうしたの？」お姉ちゃんは驚いて声を上げる。

涙が止まらなくなり、立ち止まる。

「なんか、良かったなと思って。お姉ちゃんが幸せになるんだと思ったら、安心して。そしたら、なんか、良かったなって」

「結婚したからって、幸せになれるわけじゃないけどね」カバンからハンカチを出して、涙を拭いてくれる。

「結婚したら、幸せになってよ。幸せになれる相手と結婚してよ」

「分かったから、帰ろう」

「うん」

そして、歩き出そうとしたら、ヒールが折れた。転びそうになり、お姉ちゃんに摑まる。

「大丈夫？」そう言って、わたしを見たお姉ちゃんの顔はキレイだった。夜の中で、ふわっと光って見えた。

化粧をして着飾っても、この顔にはなれない。

「大丈夫」パンプスを脱いで、歩く。

明日からはヒールの低い靴で、会社に行こう。

引きこもりは、線路の上

玄関から声が聞こえて、目が覚めた。

外は暗くなっている。

ベッドから出て、パソコンの電源を入れる。時間を確認すると、十九時を過ぎていた。

中学校から妹の留美《るみ》が帰ってきたようだ。いつもより少し遅いが、バレー部の練習の後に友達とコンビニにでも寄っていたのだろう。台所から母親が出てきて、留美は学校で何があったかを報告する。どれだけ嬉《うれ》しいことがあっても、どんなに嫌なことがあっても、大きな声は出さないようにする。

部屋から出て一階に下りていかなくても、家族がどうしているのかは、目で見る以上にはっきりと二階のボクの部屋まで伝わってくる。

母親と留美は話しながら、ダイニングまで行く。テーブルの上には夕ごはんが準備されている。留美は、おかずを一つつまみ、母親に手を洗ってうがいをしてくるように言われる。今日のおかずは、餃子《ギョーザ》かニラ玉だと思う。昨日の夜中に冷蔵庫を見たら、ニラが入っていた。不満そうな顔で頷《うなず》き、留美は洗面所で手洗いとうがいを済ませ、自分の部屋へ着替えに行く。

　思った通りのタイミングで、水道を使っている音が聞こえて、玄関横の和室のドアが開く音が聞こえた。

　一年半前まで留美の部屋は二階のボクの部屋の隣にあった。玄関横の和室は、お客さんが来た時用の部屋だった。おばあちゃんが一年に一回泊まりにくる。ボクの友達や留美の友達が泊まりにくることもあった。でも、二年と少し前からボクの友達も留美の友達も遊びにさえこなくなった。身体《からだ》の調子が良くないらしくて、おばあちゃんも来ない。ボクの隣の部屋を嫌がった留美は、一階の和室を自分の部屋にしたいと両親に頼んだ。父親も母親も、ボクの扱いをどうしたらいいかまだ手探りだった頃で、留美の頼みを最初は拒否していた。大ごとにしたくなかったのだろう。けれど、このままでは留美までボクみたいになってしまうかもしれないと考え、部屋を替えることを了承したようだ。

　誰かに手伝ってもらうことは頼めず、日曜日に留美が小学校のバレーボールクラブの練習試合に行っている間に、両親が二人で机やタンスや本棚を運んだ。ボクが寝ていると思ったみたいで、父親と母親は荷物を運びながら、ボクのことをどうするのか話していた。二人とも疲れた声で、今にもけんかしそうだった。

帰ってきた留美は大喜びで、玄関で叫び声を上げた。腹立たしい気持ちになり、ボクはドアを強く叩《たた》いた。その日から一度も、留美は二階に上がってきていない。

兄と妹で仲がいいというほどではなかったが、五歳離れているから、かわいがってきた。おやつもテレビも留美を優先させた。ボクが小学校六年生で留美が一年生の時には、学校に慣れるまで一緒に登校した。妹と歩いていることを友達にからかわれても、小さな身体でランドセルを背負って不安そうにしているのを見ると、放っておけない。友達が迎えにきて、留美は楽しそうに学校に行くようになり、別々に登校することになった。ボクが中学生になってからは授業時間が増えて、合唱部の活動もあって話せる時間が減り、冷たくしてしまったこともあったが、留美は「お兄ちゃん、お兄ちゃん」と、話しかけてきた。小学校の高学年になると、前みたいには話しかけてこなくなったけれど、ボクに何があっても留美だけは味方をしてくれると思っていた。

和室のドアが開き、留美は部屋から出てくる。リビングのテレビのチャンネルをバラエティ番組に合わせ、ダイニングテーブルに着く。中学生や高校生だけではなくて、母親世代まで幅広く人気があるアイドルが司会をやっている番組だ。留美は、その中でリーダーと呼ばれているメンバーのファンのようだ。アイドルのコンサートに友達と行き、嬉しそうな声で母親に話しているのを前に聞いた。

ボクは、部屋の電気をつける。鍵を開けて部屋を出て、トイレに行く。

うちには一階と二階に一つずつトイレと洗面所がある。二階はボク専用になっている。廊下を歩いていると、一階の話し声が止まった。母親も留美も息を潜めている。誰もいないと思えるくらい人の気配がなくなった家の中に、テレビの音だけが響く。

トイレで用を足し、洗面所で軽く顔を洗ってから、部屋に戻る。

パソコンでニュースのサイトをチェックする。芸能人が結婚して、離婚して、日本人メジャーリーガーがホームランを打ち、どこにあるのか分からない国では戦争がつづき、反政府デモが起きている国もある。どれもボクには関係がない話だ。

SNSを見ると、バカ丸出しの文章で書かれた自慢話が並んでいる。「限定品を買った」「出たばかりのスマホを手に入れた」「彼氏と温泉旅行中」「行列ができるお店でパンケーキを食べてます」「うちの猫です」こいつらは欲しいものを買ったり、好きだから恋人といたり、食べたいものを食べたり、本気でかわいいと思って猫を飼ったりしているわけではない。とにかく、何か書きこみたいだけだ。そして、みんなにすごいとかかわいいとか言われ、羨《うらや》ましがられたい。「寝坊したと思ったら休みだった」「仕事でミスして怒られた」「間違った電車に乗った」「何もないところで転んで恥ずかしかった」そんな話も全部、自慢だ。わたしってドジでかわいいでしょ！　オレってうっかりしていておもしろいだろ！　という主張が見え見えだ。それを身近な人から指摘されて笑われたら、怒るくせに。

母親が階段を上がってくる。なるべく足音を立てないように、一段一段慎重になっている。ボクの部屋のドアの前に食事が載ったお盆を置き、階段を下りていく。

耳をドアにつけ、一階まで下りて台所へ行く足音を確認する。前より耳が良くなった気がする。壁が薄いわけではないのに、母親や留美がどんなに息を潜め、どんなに足音を立てないようにしても、はっきり聞こえてくる。

ドアを開け、お盆を取り、パソコンの前に置く。下で見ているのと同じバラエティ番組をパソコンで見ながら、ごはんを食べる。もう夜だけれど、これはボクにとって朝ごはんだ。おかずは餃子だった。前は市販の皮を使っていたのに、最近は皮から作るようになった。何かに集中していたいのか、母親の料理は手のこんだものが多くなってきている。弾力がある手作りの皮より、薄っぺらい市販の皮の方がボクは好きだ。味噌汁《みそしる》の具はじゃがいもだ。これも、あまり好きではない。子供の頃は好きだったけれど、いつからか味噌汁の具として甘すぎると感じるようになった。でも、食べ物なんてなんでもいい。バラエティ番組を見ているうちに何も考えないようになり、ただひたすらに餃子とごはんと味噌汁を口の中へ詰めこんでいく。

食べ終わったらお盆を部屋の前の廊下に置く。

この時間が一日の中で一番緊張する。お盆を取りにきた母親と顔を合わせてはいけない。取りにくるまでは部屋から出られない。腹が痛くなっても、我慢する。いつもはすぐに来るが、留美と話していたり電話で話していたりして、来ない時がある。ボクが気にしているほど、母親は気にしていないのか、お盆を出したことに気がつかない時もあった。

今日は何をしているのか、なかなか上がってこない。そういう時は足でドアを蹴り、下に知らせる。

足音を立てないようにすることを忘れ、母親は急いで階段を上がってきて、お盆を持っていく。これでしばらくは誰も二階に上がってこない。トイレや洗面所の掃除を母親がやってくれているようだが、ボクが眠っている昼の間に済ませる。ボクも両親と留美が眠っている夜の間にしか、一階には下りない。

窓を開けて、換気をする。

この生活を始めて、今月で三年目に入る。

最初の頃は部屋が汚くても、食べ物のにおいが充満していても、布団が湿っていても、何も気にならなかった。全ての思考が停止して、眠くて眠くて、しょうがなかった。それなのに、ベッドに横になっても眠れなくて、頭から布団をかぶって暗闇を見つめつづけた。四月の終わりだったのに、まだ冬掛けの布団を使っていた。そのまま、夏になっても、布団を替えなかった。汗をかいているのに、異様に寒い。ごはんはほとんど食べられず、水ばかり飲んでいた。その頃は毎日のように、高校の担任や同級生、付き合っていた彼女や中学校の時の友達がかわるがわるうちに来ていた。ドアの向こうから声をかけられると、身体が震えて、大量の汗が流れた。カウンセラーが来た時に、自分は引きこもりっていうやつなんだと実感した。状況を変えようと思ったわけではないが、ヤバいと感じて、ベッドから出た。半年が経《た》って、留美が一階の和室に移った頃だ。窓を開けると、冷たい風が吹いていた。

半年の間もトイレに行き、洗面所で歯を磨くためには部屋を出ていた。二週間から三週間に一回は風呂にも入った。しかし、鏡をちゃんと見ていなかった。無意識のうちに見ないようにしていたのだと思う。それか、見たとしても意識が向かず、見なかったことにしていたのだろう。

久しぶりに見た自分の顔は、やつれ、目つきがきつくなり、髪もヒゲも伸び、知らない誰かのようだった。痩《や》せたのに、身体が重くなったと感じた。全身の筋肉が衰えていた。

ヒゲを剃《そ》り、ハサミで髪を切った。少しはマシになったが、それだけでは前と同じ顔に戻れない。部屋に戻り、掃除をした。ベッドの中にいてほとんど動いていなかったのに、ホコリや落ちた髪の毛が部屋の隅に積もっていて、漫画や丸めたティッシュが散乱していた。両親と留美が眠ってから、一階の階段下の物置に掃除機を取りにいった。窓を大きく開けて換気して、ゴミを捨て、漫画を整理して、掃除機をかけ終わったら、朝になっていた。風呂にも入り、キレイになった部屋で眠る。これで引きこもりから脱出できる気がした。少しだけ眠り、母親に頼んで布団やシーツを洗濯してもらおうと決めていた。

だが、起きたら、夕方だった。また動けなくなっていた。トイレにだけ行き、ベッドに戻った。ごはんのお盆を置く音が聞こえたけれど、取りに出る気力さえなかった。天井の一点を見つめて過ごした。

その後、三ヵ月周期くらいで同じことを繰り返し、徐々に周期は短くなっていく。そのうちに、誰も来なくなり、父親も母親も何も言わなくなった。

ボクも家族もどう生活したらいいか、分かるようになってきている。ごはんは一日に一食用意してもらえれば、あとは夜中に適当に食べる。二階に上がってきていいのは母親だけ。ボクとしては、留美も上がってきていいと思っているけれど、上がってくることはない。洗濯物は夜の間に洗濯カゴに出しておく。欲しいものがある時には、ダイニングテーブルにメモを置いておく。もしくは、ネットで自分で注文をする。届いたものは母親が二階に持ってきて、ボクの部屋の前に置く。ネットでの買い物には、父親のクレジットカードを使う。父親から「カードを使わせない」「ネットを使わせない」と言われたこともあったが、三日間だけハンストしたら、「好きにすればいい」と言われた。ボクは来月の誕生日で十九歳になる。まだ未成年だ。父親が稼いだ金で、欲しいものを買っても問題はないし、どんな生活でも両親はボクの面倒を見なくてはいけない。

話し合いもせずに、家族内でのルールが決まっていくのに合わせ、ボクの生活のルールもできていった。留美が中学校から帰ってくる頃に目を覚まし、ネットをチェックして、ごはんを食べて、パソコンでテレビを見る。ずっとネットを見ていたり、ゲームをしていた時もあったが、飽きた。テレビもおもしろくはないけれど、ぼんやり見ているだけで物事が進んでいってくれる。夜中までテレビを見て、家族が寝静まったら、風呂に入る。気分次第で、入らない日もある。気になるまで伸びたらヒゲを剃り、たまに髪を切る。自分で髪を切るのも、うまくなってきた。風呂上がりに台所に行き、軽く食事をする。部屋に戻り、ネット配信の映画を見て、本や漫画を読み、筋トレもする。足腰を鍛えないと、トイレに行くのも辛《つら》くなる。朝になって、眠くなったら眠る。

清潔にするようになり、心は回復してきていると感じる。夜中に近所のコンビニに行ってみようと思うこともある。でも、まだ外には出られない。


きっかけは、些細《ささい》なことだ。

ボクにとっては、些細なんて言えることではないけれど、担任も同級生も彼女も誰も、ボクが引きこもりになった理由を分かっていないだろう。分からないまま、高校生活を過ごし、三月にみんな卒業した。今頃はボクのことなんか忘れ、大学生活を楽しんでいる。

卒業式の前日に久しぶりに担任が家に来た。半年ぶりくらいだったと思う。ボクが寝ている間に来て、帰っていった。

退学するという話は何度も出ている。ボクがまだ引きこもりになったばかりの頃は、先生は家に来てボクの部屋の前に立って「学校に来られるようになるまで、いつまでも待つから」と、言っていた。しかし、両親には「通信制の高校に転校することや、高卒認定試験を受けることも考えてみてください」と、話した。玄関で話す声が、ボクの部屋まで聞こえてきた。

大学付属の私立高校で、いいところのお坊ちゃんやお嬢様しか通えないことで有名な学校だ。うちの経済レベルで入れる学校ではないのに、両親が望んだ。合格した時には、母親は親戚中に電話していた。引きこもって学校に来られない生徒がいることも、無理矢理に退学にすることも、どちらもマズいのだろう。家に先生が来る間隔は三日に一度が週に一度になり、月に一度になり、三ヵ月に一度になっていった。最後の方はボクに何も言わず、玄関で母親とあいさつをして帰るだけになった。

来年度は一年生の担任になること、もしもボクが学校に戻っても二年生からになるから担任になれないこと、学校としては処分を決められないので今後のことはご両親で決めてほしいということを、卒業式の前日に先生は話したらしい。ごはんのお盆を取りにきた時に、母親がドア越しに報告してきた。ボクは何も答えなかった。ずっと前に、退学にしていいと伝えてある。学費は諸経費と合わせて年間で百万円以上かかる。二年生の時は一ヵ月しか通っていない。留年してもう一度二年生になるはずだった去年は、一日も通わなかった。二年分を無駄に払い、今年も籍を残すために払ったようだ。

留美は制服がかわいい私立高校に入りたいらしいが、公立を受けるように言われ、たまに母親とけんかしている。さっさとボクを退学にして、学費は留美にまわしてほしかった。留美の学費として貯《た》めていたお金もあったようだが、ボクのカウンセラーとかに使ってしまったらしい。

同じクラスだった奴らが全員卒業していなくなったとしても、あの学校にはもう通えない。ボクが引きこもりになって留年を繰り返したことを知っている二歳下の奴《やつ》らと同級生になるなんて、考えられなかった。

いじめに遭っていたわけではない。

分かりやすい悪意に晒《さら》され、いじめに遭っていたら、話はこんなにこじれなかったんじゃないかと思う。

怪我《けが》をしたり、教科書やノートを破られたり、ジャージを盗まれたりしていれば、先生や両親だって、もっと早くに対応を考えてくれただろう。親戚や知り合いに自慢できるような学校でも、命の危険を感じるほどのいじめに遭っていたら、両親も自主退学をする決断をしてくれたかもしれない。同級生に処分が下され、彼らが罪悪感を覚えることもあったのかもしれない。

引きこもった理由をボクは誰にも話していない。誰にも話していないから、誰も気がついていない。誰かに言っても、「そんなこと」と、笑われるだけだ。思春期的な衝動で、よくあることだと片づけられる。

高校には、付属小学校から通っている生徒、付属中学校から通っている生徒、付属高校から入った生徒の三種類の生徒がいた。付属小学校には真のお坊ちゃまとお嬢様しか入れない。親が省庁勤めとか、どこか大きな会社の重役とか、芸能人とかいう奴らばかりだ。中学校から入った生徒も、お坊ちゃまやお嬢様であり、更に勉強ができる。高校から入るには、高い偏差値は必要だが、家柄はそこまで問われなくなる。学費を払えるだけの財産があればいい。

入学した時点でヒエラルキーはできあがっていた。小学校からの生徒が一番上に立ち、中学校からの生徒が次、高校からの生徒は一番下になる。それは入学したばかりの頃は特に意識しないでいいことだった。同じクラスになっても、高校からの生徒で自然と集まり、他のグループと話すことはほとんどない。表面的には小学校からの生徒が一番上でも、ボクみたいな高校からの生徒は彼らや彼女達をお坊ちゃまやお嬢様と呼び、庶民とは違うからと言って笑ったりしていた。一年生の一学期はそれで良かった。二学期になった頃から何かが少しずつずれ始めた。

二学期になるとすぐに文化祭がある。隣に校舎がある付属中学校と合同でやるため、結構な規模のお祭りになる。高校から入学してきたグループは、そんなものは適当にやればいいと思っていたが、小学校と中学校からの付属グループは気合いが入っていた。それまでバラバラだったのに、突然にクラスの結束を求められた。サボるわけにいかず、ボク達も準備に参加した。うちのクラスはオバケ屋敷をやることになった。九月二十三日の文化祭当日に向け、夏休みが終わってからは連日のように、下校時間ギリギリまでかけて準備をする。初めは面倒くさかったが、それまで話せなかった女子とも話せたりして、楽しいと感じるようになった。

クラス全員で準備を進める中で、ボクはいつの間にかいじられキャラになっていた。

ボクは身長が高いけれど、運動が得意ではない。身長の高さと運動神経の良さはイコールではないのに、背が高くて鈍いとそれだけで笑えるようだ。中学生の時は、小学校から一緒の友達ばかりだった。子供の頃からボクは背が高くて鈍いのであり、中学校の友達の間では当たり前のことで、いじられるようなことではなかった。運動はできなくても、言うことがおもしろいと言われ、クラスの中心にいた。どちらかというと、いじる側だった。ボクが友達をいじり、友達がボクをいじり返す。中学校の友達の間では、そのノリが成立していた。生徒数が少なかったし、ヒエラルキーもなくてみんなで仲がいい平和な中学校だったんだと、今は思う。でも、ボクが気づかなかったただけで、傷ついている人がいたのかもしれない。

文化祭の準備中にボクが身体が大きいくせに、重い物を運べなかったり、段ボール箱を抱えて運ばずに台車を使おうとしているのを見て、クラスの女子がおもしろいと言い出した。女子に言われているだけの間は、ボクも一緒になって笑っていた。それが広がっていき、クラスの男子にもいじられるようになった。

ドジをするんじゃないか、何かミスをするんじゃないか、ネタになるようなことが起きないか、常に観察される。何かあるとすぐにいじられ、みんなに笑われる。中学生の時の感覚でいじり返すことは許されなかった。付属グループの男子をいじろうとすると、空気が凍る。「何、言ってんの？」と、冷たく言われるだけだ。高校からの入学グループ内では最初はいじり返すことができたのに、そのうちに許されなくなった。ボク一人だけがいじられつづけた。

「神田《かんだ》君って、かわいいよね」と、女子から言われることもあったし、男子にも悪意があったわけではない。高校からの入学グループの他の友達より、ボクは付属グループとも仲良くできるようになった。クラスで一番かわいい女子の誕生日パーティには、基本的に付属グループしか呼ばれないのだけれど、ボクは呼ばれた。付き合っていた彼女も、付属グループで目立っていた女子だ。一学期のうちは話せるはずもないと思っていた相手から、文化祭の片づけの時に告白された。

十月の体育祭で活躍できなかったことにより、ボクのいじられキャラは確立されていった。クラスの中心にいられるようになったし、その頃はまだ嫌だとは感じていなかった。彼女ができて、友達が増えて、充実した高校生活だ。不満に思うことは何もない。

しかし、常に観察されていることや、バカにされることがつづき、嫌だなと思うことが増えていった。得意な歌でもからかわれ、音楽の時間に一人で歌わされた。ノリは他のクラスや担任にも伝わり、授業中にぼうっとしていたら、先生にいじられたこともある。廊下を歩いている時に、知らない奴に笑われたこともあった。

学年中の全員がボクをいじっていいと思っている。ボクは何を言われても怒ったり、嫌がったりしてはいけない。感情的になれば、その姿をまたネタにされる。

「実は、ああいうの嫌なんだ」と、彼女に相談したこともあった。彼女は「みんな、神田君が好きなんだよ」と言って、笑っていただけだ。その言葉を信じ、彼女の笑顔に少しだけ気持ちが楽になっても、嫌だという気持ちが積もっていった。

一時的な流行であり、冬休みが終わる頃にはみんな忘れて状況が変わると思っていたが、三学期になっても何も変わらなかった。ボクが何かをして、誰かがからかい、みんなで笑い、更には過去にこういうこともあったという話が出てきて、またみんなで笑う。定番の流れができあがり、いじられることは多くなっていった。

笑われて、ボクも笑っていたけど、その時には既に心が麻痺《まひ》していた。何も感じないように、何も考えないようにしていれば、苦痛ではなくなる。

二年生になって、クラス替えがあった。新しいクラスでは、いじられキャラにならない。そう決意していたが、ボクがいじられキャラだったことは、学年全員が知っている。教室に入った瞬間に、みんながからかおうとして、ボクを見ているのを感じた。

いじられるのが毎日のことだったわけではない。常に見られていると感じるのも、大袈裟《おおげさ》だったかもしれない。同級生だって、それぞれ忙しい。ボクのことばかり、考えていられない。何かあった時にボクをいじっていただけだ。ただ、その気軽さを考えれば考えるほど、これは永遠に終わらないことだと気づかされた。ボクだって、中学生の時はいじる側だったから、彼らや彼女達の気持ちはよく分かる。

いじめだったら、何かをきっかけに対象が変わったりして、終わる日がくる。いじるのは日常の一環でしかないから、終わらせようとは誰も思わない。いじられることで、ボクがおいしい思いをしているからいいと考えている奴もいた。何もしないようにしていても、過去のことまで出されて笑われるから、際限なくつづけられる。

高校卒業までつづく。付属の大学に進めば大学卒業までつづく。そう気がつき、ボクは四月の終わりに学校を休んだ。

風邪を引いたと言い、二日か三日くらい休むだけのつもりだった。その間に状況が良くなるとは思えなかったが、心をちょっと落ち着かせて、仲がいい友達や彼女に真剣に話してみようと考えていた。中学生の時の友達と久しぶりに会い、違うノリの中で遊んだら気持ちが楽になるかもしれないとも考えていた。高校の友達という狭い世界だけに固執せず、広い世界を見れば、気分も変わる。六月には修学旅行でオーストラリアに行く。それまでに一ヵ月半くらいかけて状況を変えていくことを目指そうと、決めた。

しかし、考えているうちに部屋から出られなくなった。

父親や母親や、留美でさえも、ボクを傷つける相手だとしか思えなくなった。傷つけられたわけじゃないと思っても、小さな傷がいくつも重なり、大きな傷になって、治らなくなっていた。

よく、ボタンの掛け違いというたとえ話を聞く。ボクがいじられキャラになったことも、その程度のことだと思っていた。ボタンを外して、掛け直していけばいい。でも、違う。ボクはいじられキャラを受け入れた時に、階段を踏み外すくらいのミスをした。そのまま身体中を傷つけながら転がり落ちていくしかない。学校を休もうと決めた時には、一番下まで落ちて、全身が傷だらけになっているように感じた。起き上がって部屋を出られても、トイレに行くのが精一杯だった。

ちょうどゴールデンウィークだったのもあり、学校に行かないといけない平日も休みつづけた。母親はサボりたいだけだと考えたらしく、うるさく言ってこなかった。反抗期でイライラしているんでしょと父親に言い、話しかけてもこなかった。連休が終わった後も、ボクは学校を休んだ。母親に「どうするの?」と聞かれても、父親に「いい加減にしろ!」と怒鳴られても、部屋から出られなくなった。

部屋には鍵がついているが、それまで使ったことはなかった。一人で部屋にいる時や、彼女が来た時に鍵をかけるのは、露骨すぎる。何をしているのか、家族に言っているようなものだ。

学校を休んだ日に初めて鍵をかけて、誰も部屋に入れないようにした。

これでもう誰にも見られないで済むと思ったら、心が軽くなったのと同時に、自分が世界から消えてなくなったような気持ちになった。


二十二時を過ぎた頃に父親が帰ってくる。

前は、もっと早い時間に帰ってくる日もあったが、最近はずっと遅い。仕事が忙しいと言っているみたいだけれど、嘘《うそ》だと思う。苦労して買ったマイホームに帰ってきたくなくて、どこかで時間を潰《つぶ》しているのだろう。女でもいるのかもしれない。たとえ、不倫していたとしても、原因はボクだけにあるわけじゃない。

帰ってきた父親を母親が玄関に迎えに出て、寝室で着替えている間に、留美はリビングから出て自分の部屋に行く。公立高校に行くように留美に言ったのは母親だけれど、決めたのは父親だ。そのことで反発しているだけではなくて、中学二年生だし、そういう年頃でもあるのだろう。二ヵ月くらい前から留美と父親は一言も口を利いていない。見たいテレビがある時でも、父親が帰ってくると、留美はリビングから出ていく。

ボクがこういう状態ではなかったら、留美の相談に乗れたのだろうか。それとも、父親と同じようにボクとも話してくれなくなったのだろうか。

こうならなければ、留美は希望通りの高校を目指せたのであり、状況は違っていた。まだ中学二年生で、受験までは二年近くある。それまでに状況が変わるかもしれないが、変わらない可能性が高いことを留美も分かっているだろう。悪いとは思うけれど、留美のためと思っても、外に出る気にはなれない。両親がさっさとボクを退学にしないのが悪い。

父親と母親は寝室から出て、リビングに行く。二人でいても、会話はほとんどない。ニュースを見ている父親に母親が軽い食事を用意して、お茶を淹《い》れる。

その間に留美は部屋から出てきて、風呂に入り、また部屋に戻っていく。一番風呂は留美が入ることに決まっている。母親が入った後でも嫌がり、父親が入った後は、お湯を抜いて掃除をしてからではないと入らない。ボクが引きこもっていなかったら、そこまでのワガママは許されなかったはずだ。私立高校を諦める分、アイドルのコンサートのチケットやグッズ、漫画や洋服、欲しいものを買ってもらっている。受験勉強をすごくがんばらないと入れない高校だったし、本気で入りたいわけではなかったんじゃないかと思う。留美は留美で、この状況を利用している。

留美が風呂から出て部屋に戻ってから、父親は風呂に入る。母親は台所を片づけ、父親が出てから風呂に入る。家族三人が無言で動くのを物音だけで確かめる。一階の物音を常に聞いているわけじゃないけれど、この時間は気にするようにしている。

両親は結婚して、二十二年になる。ほとんど話さないのはボクがこうなる前からだ。家族になってしまって、二人の間に恋愛関係はないと思っていた。しかし、未《いま》だにたまにセックスをしているようだ。もう寝静まったと思って一階に下りていったら、寝室から母親の明らかにいつもと違う息遣いが聞こえてきた。もしかしたら、ボクがこうなったことによって、復活したのかもしれない。

引きこもり始めた頃は、父親は毎日のように二階に上がってきて、ボクの部屋の前で怒鳴ったり、自分の気持ちを長々と語ったりしていた。聞きたくなかったし、答える気もなかったから、頭まで布団をかぶって何も聞かないようにした。そのうちにボクの存在は父親の中からなくなったみたいで、二階に来なくなり、将来のことやカウンセラーを呼ぶことも言わなくなった。無視するというのも、ストレスが溜《た》まるだろう。職場でだって、肩身が狭い思いをしているのかもしれない。子供の話になっても、答えられない。母親や不倫相手を抱くことで、気持ちを静めている。

それまで、二人の子供に恵まれ、順調に出世して、都内にマイホームを買い、息子は有名私立高校に入り、娘は明るく素直に育ち、専業主婦の母親は料理上手で、父親は仕事が忙しくても家族思いという理想的な家族を目指してきたが、一気に崩れていった。ボクが引きこもっていることは、近所中が知っているだろう。崩れていく中で、父親は外に女を作っていそうだけれど、母親との関係も変わっていったんじゃないかという気がする。留美の反抗期もあり、それまでの健全な両親ではいられなくなった。

うちの中でそういうことをするのはやめてほしいとも思うが、好きにすればいい。

前までの完璧《かんぺき》さが異常だったんだ。

母親が風呂から出て寝室に入ると、一切の物音がしなくなる。まだ起きていて、それぞれの部屋の中で動いている気配は感じるが、音は聞こえない。

三人とも寝たと確信を持てるまでは、一階には下りられない。お腹《なか》がすいていないし、特に下りる必要もない。家族が寝静まるまで、もう少し待つ。

物音がしないまま、二時を過ぎた。

両親も留美も絶対に寝ている。

鍵を開けて部屋を出て、一階に下りる。

前は家族を起こさないように、足音を立てないように、物音を立てないように気を遣っていたが、そんなことはしなくていいと気がついた。起きたとしても、ボクがいることが分かったら、部屋から出てこない。トイレに起きてきたところに鉢合わせしたりしないように、物音を立てて一階にいることをアピールする方がいいくらいだ。

台所に行き、冷蔵庫を開ける。麦茶を飲み、棚に置いてあるクッキーを食べる。電気はつけず、開けた冷蔵庫の明かりを頼りに動く。台所やダイニングやリビングを堂々と使うのは、引きこもりとしての違反行為の気がしている。ここぞ動き回り、最短時間で用を済ませる。グラスを流しに置き、風呂場に行く。

お湯をはってあったが、冷たくなっていたから、はり直す。部屋に戻り、Tシャツとパンツを取ってくる。まだお湯は溜まっていないけれど、入ってしまう。肩がつかるまで溜まったところで、止める。せっかくだから、今日はゆっくり風呂に入ろう。

毎日毎日同じ生活をしているのに、風呂に入ろうという気持ちが起きる日と起きない日がある。この一週間くらいは風呂に入ろうという気が起きなかったから入っていなかった。外に出なくても、一週間も入らないと、髪も身体もベタベタしてくる。これを越えるとどうでも良くなるのも分かっているけれど、どうでも良くなるくらいまで放っておくと、どうしようもないところまで気持ちも沈んでいく。また何日も布団に潜ることになるかもしれない。入る気力があるならば、そろそろヤバいというところで、入っておいた方がいい。逆に毎日必ず風呂に入らないと気が済まない時もある。毎日着替えて、シーツや布団カバーを毎日洗っても、まだ汚い気がする。それも気持ちが沈む前兆だ。

何がきっかけになって気持ちの波が起こるか分からないが、なるべく抗《あらが》わないようにしている。抗って無理に風呂に入ろうとしたり、入らないようにしていると、余計に気持ちが沈んで長引く。

自分の気持ちとの付き合い方も分かってきた。二年以上外に出ないで、人に会わないでいると、それが普通になってくる。人里離れた山奥にいるのと変わらない生活に思えてきていた。東京に住んで、無理に学校に行ったり、仕事したりする必要なんてない。個人個人に合ったペースや生き方があり、自分の好きなように生きればいい。

周りを気にして、いつまでもいじられキャラなんかでいるべきではなかった。嫌なことは嫌だとはっきり言って、それを通せば良かったんだ。人間関係が気まずくなったとしても、その程度で気まずくなるような関係でしかない。

学校に行かなくなり、友達や彼女が来てくれた時には、少しだけ感動した。みんながボクのことを心配してくれていると、感じた。でも、あいつらはボクの部屋の前で、「鈍すぎて動けなくなったの?」「歩くのに時間かかるんでしょ」と、いじってきた。ボクをバカにすることを言い、笑っていた。そして、引きこもり始めてから三ヵ月が経って、夏休みになった頃には誰も来なくなった。

もう過ぎたことだし、誰とも会う気はない。忘れていいことだと思っても、思い出すだけで、叫び声を上げたくなる。頭を掻《か》き毟《むし》り、暴れたくなる。そんなことをしても何も解決しないけれど、感情が心の中だけでは収まらず、言葉にもできず、外へと溢《あふ》れ出てくる。

シャワーを浴びて、頭を掻き毟る代わりに髪の毛を洗う。

最近、抜け毛が酷《ひど》い気がする。鏡を見ても前と変わらないし、髪を洗う時にこれくらい抜けるのは当然だと思っても、このまま全て抜けていくような錯覚に陥る。身体中の肉が腐り、溶けてなくなる気がする時もあった。この世界からボクの存在がなくなり、いつかボクの前からもボクの存在はなくなっていく。

身体を洗って、もう一度湯船につかって、風呂から出る。パンツを穿《は》き、シャツを着ながら、自分の身体がここにあることを確認する。

足腰を弱らせないため程度ではない筋トレをする日もある。身体のパーツ一つ一つの存在を意識できるように、徹底的に鍛えていかないと気が済まなくなる。ネット通販でダンベルやルームランナーや腹筋を鍛える機械を買った。外に出ていないのに、身体つきは前よりも良くなった。前は太っているほどではなかったが、痩せているわけでもなかった。運動をしないから腹の肉が少したるんでいて、彼女に笑われた。今はどこにもたるみがない。一食とおやつ程度しか食べないから体重が減ったし、少しでも柔らかい部分があると許せない気持ちになり、鍛えた。

台所に行き、ペットボトルのミネラルウォーターを一本もらい、冷蔵庫に入っていたチョコレートももらう。

二階に戻ろうとしていたら、物音が聞こえた。廊下をのぞくと、玄関横の和室のドアが開き、留美が出てきた。留美は、玄関横のスイッチを押し、廊下の電気をつける。
ボクが知っている留美ではなかった。

最後に留美の姿を見たのは、半年くらい前のはずだ。

朝になっても眠れなくて、窓の外を見ていた。玄関から声が聞こえて、留美が家の前に出てきた。登校するところで、腰まであるまっすぐの黒髪を二つに結んでいた。ボクの妹なのに、留美は身長が低い。小学生の時には学年で一番小さかった。中学生になっても身長は伸びず、ぶかぶかの制服を着ていた。

今、目の前にいる留美は、髪は短くてパーマがかかっているみたいにふわっとしている。光に透けているせいではなくて、ほんの少し茶色い。それに、身長が十センチくらい伸びている。家の中だし、部屋から出てきたから留美だと分かったが、外で会ったら気がつかないかもしれない。顔つきも変わった。前は幼くてどこか頼りない顔をしていたのに、全体的にメリハリがはっきりして、怖い顔をしている。寝ていたはずだから化粧をしているわけじゃないと思うが、アイラインを引いているみたいに、目が吊《つ》り上がっている。Tシャツと短パンから、長くまっすぐの手足が出ていた。

廊下に立ち、留美はボクを見ている。

「いい加減にしてくれないかな?」留美が言う。

「何が?」

　声を発するのは久しぶりだった。

　独り言が止まらなかった時期もあったが、最近は何も言わなくなっていた。音楽の時間にからかわれたことを思い出すから、鼻歌を歌うこともない。自分が喋《しゃべ》れることに驚いた。

「何がじゃないよ。分かるでしょ?」

「何がだよ?」

　分かるけれど、分かりたくない。分かったら、この生活をやめないといけなくなる。

「迷惑なの!　わたしもお母さんもお父さんも迷惑してんの!」口調は強いが、寝室の父親と母親に聞こえないように気を遣っているのか、声を潜めている。

「お前もこの状況を利用してんだろ?」

「どう利用してるって言うのよ?」

「アイドルのコンサート行ったり、好きな物買ってもらったり」

「中学二年生の女子が、親に買ってもらって当然って範囲でしか買ってもらってないけど」

「風呂のこととか、ワガママ言ってんだろ？　全部、聞こえてんだよ」

「あんたにワガママとか言われたくない！」

留美のことをお前と呼んだことはなかったし、留美にあんたと呼ばれたこともなかった。

「オレのワガママとお前のワガママは別問題だろ」

「別問題だから、あんたのワガママをどうにかしろって言ってんのよ！」

「オレは今、お前のワガママの話をしてんだよ！」

「わたしはあんたのワガママの話をするために、起きてきたの！　本当にさ、どうすんの？　この先ずっと家にいるの？　わたし、あと五年はこの家にいなきゃいけないから、いい加減にしてほしいの！」

「寮がある高校にでも入ればいい」

「はあっ？」

「耐えられないなら、お前が家を出ろよ！」

「あんたが施設とか行けばいいんじゃないの？」

「それは、また金がかかりそうだな」

病院や施設に入るという話も何回か出た。父親の知り合いが北海道でペンションをやっているから、しばらくそこで世話になるという話も出た。ハンストすることで、拒否を示した。

「これ以上、家にいられるよりいいよ！」

「アイドルのコンサートも行けなくしてやろうか！」

「コンサートに行けなくても、あんたが家を出れば、それで満足なんだけどっ！」

いつから留美はこんなきつい性格になったのだろう。父親にきつく当たっている声が聞こえたことはあったが、ボクには優しくしてくれると思っていた。何も言わないのは、ボクを気遣ってくれているからだと思っていた。「お兄ちゃん、お兄ちゃん」と言っていた留美はどこに行ってしまったんだ。

「お父さんとお母さんだって、この状況を楽しんでいる部分もあるんじゃないか？」

「何、言ってんの？」

「あの二人、やってるぞ。弟か妹ができちゃうかもな」

「バカじゃないの？」吐き捨てるように言う。

こういう話を留美にするべきじゃなかったと後悔する気持ちが少しだけあったのだけれど、本気でバカにしている目で見られただけだった。

「気持ち悪くないか？　四十過ぎた両親がやってんだぞ。息子がこういう状況になって、燃え上がってんだぞ」

「それ、どうして分かったの？」

「夜中に寝室から声が聞こえたんだよ」

「本当にやってる声だった？」

やってるとか言わないでほしいが、中学二年生ならば全て分かっているだろう。

「お母さんの息遣いがいつもと違ったからな」

「お母さん、泣いてんだよ」

「えっ？」

「それはお母さんが泣いている声。わたしやあんたに分からないように、寝室で泣いてんだよ。夜になって、部屋に入るまでは我慢してんだよ。そういうお母さんが鬱陶《うっとう》しくて、お父さんは帰りが遅くなっちゃったし」

「そんなわけないだろ」

最初のうちは泣いていることもあったかもしれないが、二年以上経って、母親だってこの状況に慣れているはずだ。

「あんたのせいで、わたしだけじゃなくて、お母さんもお父さんも苦しんで、辛い思いをしてんの！」

「はあっ？」

言い方がさっきの留美と同じになり、兄と妹なんだ、とどうでもいいところで実感してしまった。

目の前にいる女の子は知らない女の子ではなくて、ボクの妹の留美だ。二年と少しの間、ボクが苦しめつづけた。顔を合わさず、話をしなくても、どこか似ている。

「お母さんが我慢しているから、わたしも我慢しようと思ったよ。でも、もう限界だから！　お母さんはあんたのことばっかり考えて、あんたのことだけを心配してる」

「そんなことないんじゃないか」

「たくさん食べられるようにって必死で料理して、あんたが好きなおかずばっかり揃《そろ》えてる。おやつや飲み物も欠かさないようにして、買い忘れたら急いで買いにいって」

「オレが好きなおかずなんか出てないだろ」と言ってみたが、言われてみたらそうかもしれない。

今のボクが好きなものではないけれど、子供の頃のボクが好きだったものが毎日出てくる。今日のじゃがいもの味噌汁もそうだった。餃子も母親が皮から作った時に「おいしい！」と言ったことがあったのかもしれない。それを思い出しながら、作ってくれているんだ。

「ねえ、どうすんの？　これから」

「どうする気もねえよ」

「何それ？」

「お前、いじめられてんのか？」

「はあっ？」

「学校でオレのことでいじめられてんだろ？　それで嫌になったのか？」

「あんたと一緒にしないでよ」

「どういうことだよ？」

「みんな、かわいそうだって言ってくれる。あんたみたいなのが家にいて、かわいそうだって。わたしはあんたみたいにいじめられたりしないから」

「オレだって、いじめられてなんかねえよ」

「いじめられてたんでしょ？　高校生にもなっていじめに遭って、学校に行けなくなったんでしょ？」

「いじられていただけで、いじめられてはない！」

「いじりだって言い訳して、鈍くさくてみんなに嫌われていじめられている自分を認められなかったんでしょ！」

「嫌われてねえよ！　誕生日パーティとかにも呼ばれたし」

「余興として、おもしろがられただけじゃない」

「彼女だっていたし！」

「その彼女の川口《かわぐち》さんがお母さんに、あんたが学校で何をされていたか話してくれたの」

「いつだよ？」

「引きこもりになったばかりの頃に、何度もうちに来てくれたでしょ？　それでも、あんた会わなかったでしょ？　それで、川口さんは家に行ったら神田君が嫌がるからって言って、お母さんと外で会うようになったの。まだ小学校六年生だったわたしも子供ぶってついていったの」何がおかしいのか、留美は顔に笑みを浮かべる。「子供ぶってるだけで、六年生になったら全部分かるからね。川口さんはあんたがいじめられているって分かっていたけど、大きな問題にすると学校に来られなくなっちゃうかもしれないって思って、どうしたらいいか迷っていたのよ。二人でいる時には、楽しく過ごしたいって思って、あんたが相談した時もスルーしちゃったのよ。それをとっても後悔してた。もっとちゃんと話を聞いてあげればよかったって言ってた。あんたが部屋から出られるまでいくらでも待ちますって言って、泣いてた」

「川口さんだって、オレをからかってたよ」

「腹の肉がたるんでるとか？」

「なんで、知ってんだよ？　川口さんに聞いたのか？」

「お父さんとお母さんのやってる声は聞いたことないけど、あんたのやってる声は聞いたことあるから。隣の部屋だったじゃん。気まずくって、あの時はお母さんに部屋替えてとか言えなかったよ」

「川口さん、また会ってくれるかな」

　彼女ともう一度会えれば、変われる気がした。留美の話を聞いていたら、久しぶりに川口さんのことを思い出した。何があっても好きだと言ってくれて、いつも隣で笑ってくれていた。

　高校には戻れないけれど、高卒認定試験を受けて大学に入る。ゆっくり時間をかけて社会へ戻っていく。その間、川口さんがそばにいてくれたら、がんばれる気がする。オレはいじられていたんじゃなくて、いじめられていた。みんなに嫌われていた。それを分かって、一緒にいてくれて、こうなってからも気遣ってくれていたんだ。彼女の気持ちを理解して、オレはそれに応えるべきだった。

「会ってくれないでしょ」冷たい声で留美が言う。

「でも、いくらでも待つって言ってくれたんだろ」

「秋からアメリカに留学するんだって。八月には日本を発《た》つって、電話があった」

「でも、あと二ヵ月以上あるし、少しでも良くなったところを彼女に見てもらいたいんだ」

「良くなる気あるの？」

「彼女のためなら」

「彼女のためねえ」また笑っている。

「何がおかしいんだよ？」

「川口さん、今は別に彼氏がいるから。彼が留学するから自分も留学するんだって。恋愛にのめりこみやすいだけなんじゃない。不幸になるのとかも、好きなんじゃないかな。こんな人だけどわたしは愛しているの！　って自分を悲劇のヒロインみたいに考えるのが好きなだけだよ」

「そんなことはない！」

「いやいや、あるって。じゃないと、あんたとは付き合えないでしょ。っていうかさ、前も小太りでキモいって思ってたけど、ますますキモくなったね。なんのために、身体鍛えてんの？」

「これは、その」

「何？」

「これは」

「何？」

自分の気持ちを言葉で説明できない。ボクの苦しみや悲しみを理解してもらいたいのに、どう話せばいいのか分からない。ボク自身にも、ボクの苦しみや悲しみが理解できない。

「うわーっ！」頭を抱え、叫び声を上げる。

何も言わず、留美は自分の部屋に戻っていく。鍵をかける音が廊下に響く。

「お兄ちゃん、大丈夫？」母親が寝室から出てくる。

「行くんじゃないっ！」父親が母親を追って、出てくる。

ボクと留美の会話は、声を潜めても、寝室の中にも聞こえただろう。両親は目を覚まし、ずっと聞いていたんだ。

「留美ちゃんもね、辛いの。分かってあげて」ボクの横に立ち、母親が言う。

「触るなっ！」肩を抱こうとしてきた手を払いのける。

思っていた以上に力が入ってしまい、母親は身体を壁に打ちつけた。

「いい加減にしろっ！　どれだけ家族に迷惑をかければ気が済むんだ」ボクの腕を取り、父親は怒鳴り声を上げる。

顔を見るのは、留美以上に久しぶりだ。記憶の中の父親より老けて、小さくなっていた。

「うわーっ！」

父親の手を払い、二階へ階段を上がる。

自分の部屋に戻り、鍵をかけて、布団に潜る。

階段を上がってきた父親がボクの部屋のドアを叩く。

力ずくで開けられるかもしれない。

誰とも話したくない。

死にたい。死にたい。死にたい。

父親は三十分くらいドアを叩きつづけていたけれど、一階に下りていった。何か道具を持ってきて、鍵を壊してドアを開けるつもりかもしれないと思ったが、そのまま二階には戻ってこなかった。

両親は寝室に入り、留美は部屋から出てきていない。

耳を澄ませつづけたが、部屋のドアが開く音も、話し声も何も聞こえなかった。

ボクが二年以上ぶりに家族と顔を合わせて話したのに、寝てしまったのだろうか。

ドアを少し開けて、一階の物音を聞いてみても、冷蔵庫か何かのモーター音しか聞こえない。

鍵を閉めて、ベッドに戻る。布団の上に寝転がり、天井を見つめる。

インターネットで見た情報によると、引きこもった子供に対して強硬手段に出る親もいるようだ。暴力を振るわれても屈せず、力ずくででも子供を外へ出し、施設に入れる。親と子が本気を出して戦わなければ、引きこもりは社会復帰できない。うちの親は甘い。三日のハンストぐらいで、引き下がってしまう。ドアの鍵だって、ドライバーを持ってきて外からネジを外せば、簡単に壊せる。ボクは父親にも母親にも暴力を振るうつもりはない。きっと、両親もボクに暴力を振るうつもりはないだろう。その甘さや優しさを愛情だと思っていたが、違うのかもしれない。

両親もボクと同じように、思考停止している。

ボクが死なないように食べ物を与えてくれるだけで、何も考えていない。将来のことや世間体を考えて、高校を退学させないのではなくて、ボクをどうしようという意思がなくなっている。留美が言うように、母親はボクの好きな食べ物を用意してくれているのかもしれない。でも、それではこの引きこもりという状況が居心地良くなる一方だ。

留美だけが苦しみ、悩み、解決策を考えて、行動に移そうとしてくれた。夜中にボクと向かい合うのは怖かったんじゃないかと思う。身体が大きくなり、気が強そうになってはいたけれど、小学校に一人で行けなかったくらい気が弱い子だ。

今日のことで、完全に家族から見捨てられた。

高校を卒業したら、留美は家を出るだろう。そしたら、両親とボクの三人でこの家に住むことになる。夕方になっても誰も帰ってこなくて、アイドルのバラエティ番組を見ることもなくなったら、家の中は寂しくなる。耳を澄ませても、父親と母親が無言で動く音しか聞こえなくなる。そのうちに、父親と母親も死んで、ボク一人だけが残される。

それはずっと先のことだと思っても、二年はあっという間に過ぎた。ベッドの中にいる間に、曜日の感覚も日にちの感覚も時間の感覚もなくなり、季節を飛び越えてしまったんじゃないかと思えるくらい、急に寒くなったこともあった。

明日から母親がごはんを用意してくれなくなる可能性だってある。

今はボクのことを考えないようにしているだけでも、いつか本当に考えなくなり、忘れられていく。母親がごはんを用意してくれなくなり、洗面所やトイレの掃除をしてくれなくなったら、生きていけない。危機感が真っ黒な塊になり、胸を圧迫する。ここから出なければ、塊は大きくなる一方だ。

学校には戻れないし、高卒認定試験を受けて大学に行くのも嫌だ。できることなんて何もないから、就職も無理だ。人と一緒に学校に通ったり、働いたりはできない。引きこもりから社長になったという人の話をネットで読んだ。ボクも一人でネットで起業しようと考えたこともあったが、どうやればいいのか分からなかったし、何もアイディアが浮かんでこなかった。ここから出られたとしても、やりたいこともやれることも何もない。中学生の時にやっていた合唱は好きだったのに、もう人前では歌えない。歌手になれるほどじゃないし、合唱で生活する手段もないだろう。音大に入ることを考えても、学校生活での嫌なことしか思い浮かばず、不安になるだけだ。

これから、どうしたらいいのだろう。

この部屋で一人、餓死していくしかないのだろうか。

死ぬくらいならば、外へ出てやれることをやった方がいいというのは、頭では分かっている。でも、決断ができない。

早く死んだ方が家族のためになるかもしれない。留美だって友達にいつまでも「かわいそう」と、言いつづけられたくはないだろう。父親や母親だって、同じようなことを言われているだろう。ボクが死ねば、この家から引っ越して、今までのことを誰も知らない町にだって行ける。家のローンはまだあったとしても、いつまでもこんな生活をつづけるより、精神的に楽になれる。引きこもっている息子より、自殺した息子の方が何もしなくて良くなる分、考えることが減るし、諦めもつく。

そんなことはない。

両親はボクに愛情をこめて、期待をかけて育ててくれた。高校受験の前には、母親は夜食を作って応援してくれて、父親は会社の近くの神社でお守りを買ってきてくれた。合格した時には、二人とも涙を流して喜んでいた。有名私立に入ったことじゃなくて、ボクが結果を出せたことを喜んでくれたんだ。中学生の時は、合唱部の大会に両親揃って来てくれた。たくさん練習したのに優勝できず、部屋で泣いていたら、母親と留美が「一緒にごはんを作ろう」と声をかけてくれた。その時に一緒に作ったのが、餃子だ。ボクと留美で皮から作った。大切な思い出なのに、忘れてしまっていた。

母親に「今までの人生で一番嬉しかったことって何？」と、留美が聞いたことがあった。「二人が生まれた時」と答え、母親はボクと留美を見た。

ボクが死んだら、父親も母親も留美も悲しむだろう。こんな風になってしまったこと以上に悲しい思いをする。

分かっているのに、「死」という結論しか出せない。

さっき、部屋に戻ってきた時は、衝動的に「死にたい」と感じた。ここからいなくなってしまいたいというだけで、ああいう風に考える時は本心ではない。丸くなって布団をかぶり、「死にたい、死にたい、死にたい」と思っているうちに、気持ちは収まっていく。

まずいのは気分がいい時だ。

掃除して、ごはんも食べられて、お風呂にも入れて、調子がいいと思っていると、不意に「死」が近付いてくる。誰もいない部屋で背中を押されることなんてないのに、換気するために窓を開けた時に、後ろから押されたように感じたことがあった。そのままふわっと、外に飛び降りそうになった。二階から庭に落ちても、打ち所が悪かったら死ぬ。怖くなり、慌てて窓から離れた。

今の気持ちは、そのどちらとも違う。

冷静に考え、理性で判断して、その上で「死」という選択肢が相応《ふさわ》しいと決断を下している。頭の中は、気分がいい時よりも澄んでいる。こんなに気持ちがすっきりしたことは、この二年と少しの間で一度もなかった。

外は明るくなりはじめている。

カーテンを開けて、窓を開ける。

清々《すがすが》しい五月の朝だ。昼になったら暑くなりそうだが、爽《さわ》やかな風が吹いている。

ここから飛び降りたり、部屋で首を吊ったり、手首を切ったりしたら、家族に迷惑がかかる。遺体の処理も大変だろうし、この家から出ていくことになっても、売れなくなるかもしれない。

遠くで電車が走っている音が聞こえた。始発電車がもう出ているようだ。

電車に飛びこむのがいいかもしれない。

家族が賠償金を払うという話があるが、噂《うわさ》でしかないという話も聞いたことがある。跳ね飛ばされ、バラバラになったボクの遺体は駅員さんが回収してくれるだろう。電車が止まったらたくさんの人に迷惑をかけることになるが、家族に遺体の処理を考えさせないで済む。うちから駅までは歩いて十分くらいだ。外へ出て、がんばって歩いてみよう。十分だけがんばれば、全てが終わる。

高いビルから飛び降りるのもいいように思えた。晴れているし、気持ちいいだろう。でも、道路に落ちたボクを誰がどうするかで揉《も》めそうだ。

飛びこむのがいい。

電車に飛びこんで、死のう。

新しいTシャツと高校に通えていた頃によく穿いていたジーパンで、外へ出ることにした。ウエストが細くなったから、ジーパンはサイズが合わなかったが、ベルトで留めれば大丈夫だった。

部屋を出る前に、パソコンの履歴やデータを消しておく。ここにはボクの二年以上の日々が詰まっている。調べられ、分かったように語られたくない。引きこもる前の写真やメールも消去する。部屋中のものを燃やしてしまいたいけれど、それはできない。

二年前の四月に最後に学校へ行った日のままのカバンがクローゼットに入っている。出してきて、財布をとる。中には三千円入っていた。駅に入るために切符を買う必要があるから、千円だけジーパンのポケットに入れる。カバンの中は、それ以上見ないようにした。いじられていたのではなくて、いじめられていたことを思い出してしまいそうだ。思い出して、余計なことを考えたら、決意が鈍る。

まだ五時を過ぎたくらいだと思っていたら、六時近くになっていた。急いだ方がいい。会社や学校へ行くため、家族が起きてくる。電車に飛びこむのも、人が少ない時間の方がいい。

足音を立てないようにして、一階に下りる。

父親や母親や留美も、ボクと同じように耳を澄ませていて、部屋から出てくるんじゃないかと思ったが、誰も出てこなかった。

玄関の靴箱にはボクのスニーカーが入っていた。ずっと履いていないのに、母親が外に干したり洗ったりしてくれていたのか、キレイだった。スニーカーを履く。久しぶりに履く靴は窮屈だ。ドアに手をかける。

喉《のど》まで伝わるほど、心臓がドキドキ鳴っている。

十分歩いて駅に行き、飛びこめば終わる。

大きく息を吸いこみ、吐き出すのに合わせてドアを開ける。

外の空気がボクを包んだ。

窓を開けて触れているつもりだったのに、全然違う。庭の芝生なのか、緑の香りがする。どこかの家から、花の香りもした。

ドアを閉めて、家の外へ向かって一歩踏み出す。

大丈夫だ。このまま、歩いていける。駅に向かって、住宅街の中を歩く。

知っている人に会うかと思ったが、通勤のために駅へ向かっている人も、ゴミ捨てに出てきた人も、知らない人ばかりだった。二年間で近所に住む人も変わったのだろう。中学校の時の同級生に会ったらどうしようか考えたけれど、会いそうにない。高校に入る時に引っ越した友達がいたし、大学生になって家を出た人もいるようだ。母親がドア越しに話しかけてきた時に言っていた。都内でも、全員がいつまでも実家にいるわけじゃない。

住宅街を抜けて広い通りに出たところに、コンビニができていた。通り沿いにまっすぐ行くと、中学校がある。ボクが通っていた頃は何もなかったのに、ファミレスやレンタルＤＶＤの店もできている。

そんなことをしている場合ではないけれど、コンビニに入る。インターネットをチェックして世の中の流行は分かっているつもりだったのに、知らないものばかりだ。雑誌の表紙になっているタレントも、お菓子やジュースも、雑貨やゲームソフトも初めて見る人の写真や物が並んでいる。ボクは引きこもる前に知っていた情報を補っていただけで、新しいことは気に留めていなかった。店の中でかかっている音楽も初めて聴く曲だ。テレビや映画も見ていたが、眠れるまでの暇つぶしとして、半分意識がないような状態だった。こんなにおもしろそうなものが、世の中に溢れていることを忘れていた。ネットもテレビも、自分の好きなものにしか触れられない。全てを知ることができると思っていたが、そんなことはなかった。外に出て、自分からは興味を持たないようなものにも触れて、新しい世界が広がっていく。

コンビニを出て、通り沿いを歩いていく。駅に行くには逆方向になるが、このまままっすぐ進んだ先にも違う路線の駅がある。飛びこむのは、どこの駅でも同じことだ。

ファミレスの前に出ているモーニングセットのメニューを見る。パンケーキが流行《はや》っているという情報を見かけたことはあっても、それ以上は追求しなかった。バターが載っているだけのホットケーキを想像していたが、違う。メニューの写真のパンケーキには、いちごやブルーベリーがたくさん載って、生クリームもたっぷり載っている。甘いものは好きだ。食べてみたい。でも、千円しか持ってこなかった。ドリンクバー付きで七五〇円だから食べられるけれど、そのために持ってきたお金ではない。跳ね飛ばされた時に、胃の中には何もない方がいいだろう。一人でファミレスに入って、パンケーキを食べるのも恥ずかしい。引きこもらなかったら、留美や彼女と食べにこられたのかもしれない。

そのまま、まっすぐに進み、今度はレンタルＤＶＤの店をのぞく。この時間は開いていない。店の壁に新作ＤＶＤのポスターが貼《は》ってある。知らない映画や知らないドラマがたくさんある。韓流ドラマはネット配信で見られるが、興味がないから見なかった。好きなタイプのかわいい韓国人女優が微笑《ほほえ》むポスターが貼ってあり、見れば良かったと後悔した。SF映画はチェックしているつもりだったのに、見落としがたくさんあったようだ。好きだったシリーズものの新作が今月末にDVD化される。中学や高校に通っている時だったら、ボクが見落としても、友達や彼女が教えてくれた。留美が教えてくれたこともある。

店を一軒一軒のぞくごとに、新しい発見があった。

コーヒーや焼き立てパンのいい香りがするお店の前を通ると、まだ小学生の頃に母親と留美と一緒にパンを焼いたことがあったのを思い出した。鳥の鳴き声や、子供達の声が聞こえてきて、昼間寝ていたせいで聞かなくなっていた音があることにも気がついた。小さな雑貨屋には母親が好きそうな食器が売られていた。

まだ誰も登校してきていない中学校の前を通ると、強い風が吹き、どこかから合唱が聞こえてきた気がした。

中学生の時は、楽しかった。合唱部の練習に全てをかけ、仲がいい友達がいて、高い目標を持って受験勉強をがんばった。ボクがいじることで誰かを傷つけたかもしれないと思っていたが、そんなことはなかったと思う。友達のことを好きで、何を言ったらいけないかちゃんと分かっていた。高校の友達のことは、ボクも好きじゃなかった。付属グループの友達には嫌われないように気を張っていた。高校から入学したグループの友達のことは最初は好きだったけれど、いじられるようになって、嫌いになった。彼らや彼女達も、ボクを嫌っていた。ボクが何が嫌かなんて、考えてくれなかった。

もう中学生には戻れないし、進んでいく先もない。

店を見るのをやめて、通りの先にある駅を目指す。

下を向き、黙々と歩く。新しいことや楽しいことがあるのだって、分かっているんだ。分かった上で、「死」という結論を出した。希望に満ちているように見えるのは、錯覚だ。

高校に入った時だって、ここで新しい生活が始まるという希望を持っていた。勉強をがんばり、付属大学の法学部に入ろうと決めていた。合唱部がなかったから、友達を集めて作りたいとも思っていた。この世界には、そういう気持ちを滅茶苦茶《めちゃくちゃ》にして、何も思わず、笑っている奴がいる。美しいことばかりではない。

醜い奴らに、これ以上傷つけられたくないんだ。

駅に着き、切符を買う。

券売機も新しくなっていた。どうしたらいいか分からず、しばらく迷ってしまったが、表示の通りに進めたら買えた。入場券でいいと思ったのだけれど、その表示が見つけられなかったから、一番安い切符にした。

店をのぞいたりしていたせいで、時間がかかってしまった。改札の上の時計を見たら、八時近くになっていた。ラッシュにはまだ早いはずだけれど、通勤や通学の人が多くいる。

出直した方がいい気がしたが、とりあえず改札を通る。

家に帰るにしても、電車に乗った方が楽だ。まっすぐの道でも、思っていた以上に距離があった。筋トレしていたおかげで身体は疲れていないけれど、久しぶりに外に出た疲労感はある。もう一度、同じ距離を歩いては帰れない。階段を上って通路を通り、階段を下りてホームに出る。

ホームにもたくさん人がいた。

前も携帯電話を見ながら歩いている人は多くいたが、更に多くなった気がする。ほとんどの人がガラケーではなくて、スマホを持っている。みんながスマホを見ながら、ホームを歩いていく。気配を感じとっているのか、ぶつからずにうまくよけ合っていると思ったが、ぶつかりそうになっている人も多くいた。

一つのホームに一番線と二番線がある。真ん中まで行き、あいていたベンチに座る。

これだけたくさんの人がいるのを見るのも、久しぶりだ。

留美の髪型は流行っているようだ。同じようなショートカットの女子高生が何人かいる。制服の着方はちょっとだらしなくするのがいいのか、ブレザーもワイシャツも脱げかかっているように見える。ボクが高校に通っていた時とは違う。

隣に座った大学生くらいの男の人が見ていたスマホをのぞきこみたくなったが、やめておいた。動画を見られるのも、音楽を聴けるのも、色々なアプリがあることも知っている。しかし、そのアプリでどんなことができるのかは、情報としてしか知らないから、どういう感じなのか見てみたかった。

上り電車が来て人が乗り降りして、下り電車が来て人が乗り降りしていく。

いつまでも眺めている場合じゃない。

死のう。

なぜか、強い気持ちで、そう思えた。死ぬというのも一つの決断だ。ここで、ボクはその決断を行動に移す。

立ち上がって二番線の方に行き、白線の内側ギリギリに立つ。

あと一分で、次の電車が来る。

それに飛びこむ。

飛びこむ時にはどうした方がいい、という情報をネットで読んだことがあった。でも、なんて書いてあったかは思い出せない。その時は、こんな風にして死ぬとは思っていなかった。どんな風にしても、死んだら同じだから、どうでもいいことだ。

電車が走ってくるのが見えた。

あとはタイミング良く飛ぶだけと思ったのに、ファミレスのパンケーキやSFや韓流ドラマのDVDが頭に浮かんできた。家族の顔も浮かんでくる。

そういうものを全て振り切って飛ぶんだと改めて決意していたら、女性の駅員さんが銀色の板を持って、ボクの方へ走ってきた。何か言われるかと思ったが、ボクの横で立ち止まった。

何をしに来たのだろうか。できれば、違うところへ行ってほしい。駅員の前でなんて、飛びこめない。

「あっ、すいません」スマホを見ながら歩いていた女の人が駅員さんにぶつかる。

「えっ、あっ、すいません」駅員さんはよろけて、ボクにぶつかってくる。

ボクは誰にもぶつからず、線路に落ちた。

駅員さんも、女の人も、他の人達も目を丸くして、ボクを見下ろしている。誰かが何か叫んでいるが、よく聞こえない。

ホームに入るところまで、電車が迫ってきていた。ボクに向かって走ってくる。

やっぱり、死にたくない。

駅員は、線路の上

こういう時に、駅員はどうしたらいいのか。

何度もシミュレーションしてきたし、同じような状況に遭遇したこともある。あの時は夜遅い時間で、相手は酔っ払いのおじさんで、電車は近付いてきていなかった。酔っ払いのおじさんは、わたしでも抱き上げられそうなくらい小柄だった。それでも、そのまま線路に下りてはいけない。緊急停止ボタンを押してから、決められた手続きをする必要がある。しかし、ボタンを押しにいこうとしていたら、塾帰りにホームで話していた高校生の男の子三人が線路に下りて、おじさんを抱き上げてくれてしまった。

今、線路にいるのは大学生くらいの男の子で、背が高い。どう考えてもわたし一人では抱き上げられない。緊急停止ボタンを押して、テレフォンスピーカーで駅員室に連絡して、矢部《やべ》さんに指令室へ状況報告をしてもらってから手伝ってもらおうと思っても、そんな時間はなかった。電車がすぐそこまで迫ってきている。

何かあればまず緊急停止ボタンを押すように言われているけれど、押しにいったところで間に合わないだろう。電車はブレーキをかけても、その場では止まれない。

「ホームの下に避難場所があるから、そこに入ってください」

声をかけても、男の子は線路に落ちて気が動顛《どうてん》しているみたいで、目を大きく開いてわたしを見ているだけだ。

通勤ラッシュには少し早い時間だが、ホームにはたくさんの人がいる。彼に向かって、一斉に声をかけるから誰が何を言っているのか、聞こえないのかもしれない。

「ホームの下に入ってください！」

「おい！　誰か、線路に下りて助けるぞ！」

スーツ姿の男の人が周りにいる人達に声をかける。

「やめてください！」

線路に下りようとしている人達を止める。救えればいいけれど、無理な可能性が高い。

「見過ごすって言うのか！」

「間に合いませんっ！」

絶対にやってはいけないと言われているが、わたしが線路に下りるしかないだろう。

緊急停止ボタンを押す時間もないくらいの緊急事態だ。男の子の身体《からだ》をホームの下に押しこめばいい。お客さまが被害に遭うならば、わたしが電車に轢《ひ》かれた方がいい。一緒にホームの下に滑りこめれば、それでいいんだ。

そう思っても、身体が動かない。

無理をしたらいけない。冷静に判断して、やるべきことをやれば充分だ。わたしがぶつかって、彼を線路に落としたのだけれど、白線の内側ギリギリに立っていたのが悪い。

何もしないでいいと思える言い訳を考えてみるが、どれも正しいと思えなかった。

「もう少し、こっちに来てください」しゃがみこんで、手を伸ばす。

「えっ？　えっ？」

男の子は、不安そうな目でわたし達を見上げている。

そして、目の前まで迫っている電車の方を見る。

減速しながら入ってくるが、彼より手前では止まりそうにない。

電車を見て、男の子は固まってしまう。

「逃げて！　逃げて！」

わたしが叫ぶと、男の子はわたしを見た。

目が合う。

やっとわたしの声が届いた。

「逃げて！」

男の子は大きく頷《うなず》き、線路上を走り出す。

電車はホームの真ん中を少し先まで進んだところで、止まった。

これで大丈夫という安堵《あんど》の溜《た》め息がホームに広がっていく。

「良かったですね」

「どうなるかと思いました」

「人身事故見ちゃうのかと思って、ドキドキした」

ホームにいた人達の間に、一つのことを成し遂げたような達成感があった。知り合いというわけではないと思うが、近くにいた人同士で話している。ほんの数秒のことだったのに、何時間も経《た》った感じがする。

「すいません。わたしがぶつかったから」隣にいたOLらしき女の人に声をかけられる。

スマホを見ながら歩いていた彼女がわたしにぶつかり、わたしが男の子にぶつかり、男の子はホームから落ちた。

「わたしが不注意だったから悪いんです」立ち上がって、制帽をかぶり直す。「でも、ホーム上でスマホを見る時には、気をつけてください」

「はい。すいませんでした」

「大丈夫ですよ」

「あの、さっきの男の子、どこに行ってしまったんでしょう？」女の人は、線路の先を見る。

電車は止まったし、少し先まで走っていったところにいるだろうと思っていたのに、いない。

いつの間にかホームに上がってきたのかもしれないと思ったが、そういうことではなさそうだ。わたしや女の人と同じように、線路の先を見ている人がたくさんいる。

「ずっと向こうまで走っていったぞ！」ホームの先頭にいるおじさんが言う。

そんなに逃げなくていいのに遠くまで逃げたことをおもしろがって、笑い声が上がる。

雰囲気につられてわたしも笑いそうになったが、笑っていいことではない。

どこまで行ってしまったのだろう。

今更遅い気がしたけれど、ホーム上にある緊急停止ボタンを押す。

テレフォンスピーカーで駅員室に連絡を入れる。

「どうした？」矢部さんが出る。

緊急停止ボタンの音は駅員室にも聞こえているはずだ。それなのに、矢部さんの声に慌てている感じはない。

「あの、男の子が線路に下りました」

「男の子？　子供か？」

「いや、違います」

話しているわたしの周りにお客さまが集まり、どういう状況なのか、電車はすぐに動くのか、聞いてくる。矢部さんが何か言っているが、よく聞こえない。

駅員室に行った方が早いかもしれない。ホームを離れない方がいいとも思うけれど、少しでも早く状況を伝えて、指令室に連絡をしてもらうべきだ。

「駅員室に行きます」テレフォンスピーカーを切る。

集まってくるお客さまの間をかき分ける。

止まったままの電車の運転士さんが窓から顔を出していた。

「男の子が戻ってこないか、見ていてください！」

運転士さんに頼んでから階段を駆け上がり、通路を渡って階段を駆け下り、改札横の駅員室に行く。

「矢部さん！　矢部さん！」

「どうした？」

矢部さんは窓口で接客中だった。スーツ姿のおじさんに特急券の案内をしている。

「男の子が線路上を走って逃げました」周りに聞こえないように、小声で伝える。

「だから、男の子って、なんだよ？　子供？」

「大学生くらいの男の子です。わたしが線路に落としてしまいまして、逃げられました」

「何、言ってんの？　落ち着いて話せよ」

「えっと、その、車椅子《いす》の対応でホームにいまして」状況を説明する。

三駅先の駅員から、車椅子のお客さまが乗車しましたという連絡を受け、わたしはその対応をするためにホームにいた。普段だったら、お客さまがぶつかってきても、ドミノ倒しのようにわたしも他のお客さまにぶつかるなんてミスはしない。電車とホームを繋《つな》ぐ板を持っていたせいでバランスを崩し、男の子にぶつかってしまった。

「線路を走ってどこに行ったの？」

「さあ」

「さあじゃねえよ」

「見えないところまで行っちゃいました」

「見えないところって、どこだよ？」

「分かりませんよ。見えないんですから」

「そっか」

「それより、わたしが持っていた板はどこにあるんでしょう？」

　男の子にぶつかった時には板を持っていたのに、いつの間に手をはなしたのか、わたしは何も持っていない。どこに置いたのか記憶を辿《たど》ろうとしても、線路上にいた男の子の顔しか思い出せなかった。しゃがんで男の子に手を伸ばした時には持っていなかったから、あの辺りに置いたままになっているのだろう。

「どっかに置いてきたんだろ」

「ホーム、見てきます」

「東川《ひがしがわ》、待て！　菊名《きくな》！」矢部さんはわたしを呼び止め、窓口の外にいる菊名さんを呼ぶ。

　しかし、菊名さんは接客中だった。いつ電車が動きだすのか問い合わせるお客さまに囲まれている。

あと一時間くらいして九時になったら交替の人達が来るが、この時間はうちの駅は駅員が三人しかいない。そして、電車が動かなければ、交替の人達も来られない。

「指令室に連絡を入れて全線の状況を確認したら、俺もすぐに行くから、とりあえず東川は線路を走っていった男の子を探しにいく準備をして、ホームで待ってろ!」

「わたしが線路に下りて探しにいくってことですか?」

「そうだよ」

「ええっ! そんな危ないことできませんよ」

仕事は男女平等であり、男性に甘えてはいけないと思っているけれど、危険性が高い仕事の時は矢部さんや菊名さんに任せる。無理をすれば、お客さまに迷惑をかけてしまう。

「いいから、とりあえず準備しろ!」

「嫌です」

「俺か菊名もすぐに行くから、がんばれ」矢部さんは、わたしの背中を叩《たた》く。

「分かりました。すぐに来てくださいよ」

ここで揉《も》めていないで、ホームの様子を見にいった方がいい。線路を走っていった男の子が戻ってきているかもしれない。

「いってきます」

「待て！　準備しろって言ってんだろ！　装備を着けろよ」

駅員室から出ようとしたところを矢部さんに止められる。

「ああ、はい」

ヘルメットをかぶり、反射材がついたベストを着る。何かに絡まったりしないように、ズボンの裾《すそ》をマジックテープで留める。トランシーバーを持って、駅員室を出る。

階段を駆け上がって通路を通り、ホームに戻る。

いつもと違う格好で走り回り、漫画やアニメの登場人物になったような気がしたが、そんなことに酔っていられる状況ではなかった。

ホームにいるお客さまの間に、電車が動かないことに対する苛立《いらだ》ちが漂いはじめている。こうなるだろうという予想ぐらいはできていたが、予想以上に殺気立っている。止まっている電車の写真をスマホで撮っている人もいた。

さっきのわたしの対応は、完全な失態だ。

あの状況では、やはり先に緊急停止ボタンを押すべきだったかもしれない。規則に反してでも線路に下りて、男の子を救《たす》け上げるフリはするべきだったかもしれない。

わたしが「逃げて！」と言わなければ、男の子は線路を走っていかなかったかもしれない。

ああしていればよかった、こうしていればよかったという考えが今になって、いくつも浮かんでくる。駅員としての名誉に興味はないけれど、失態をネットに投稿されたくない。写真を撮っている人達は、即行でSNSにアップしているだろう。わたしが男の子に声をかけている時も、写真を撮られていたと思う。目の辺りに黒い線を入れられたりモザイク加工されたりして、「女駅員がテンパっていて、ウケた」とか書かれるんだ。

電車はホームの真ん中より少し先まで進んだところで止まったままだ。安全が確認されるまでは、動かせない。

「走っていった男の子って、戻ってきていませんよね？」お客さまをかき分けて電車の先頭まで行き、運転士さんに聞く。

「戻ってきていません」

トランシーバーが鳴る。

「こちら矢部です。東川さんとれますか？　どーぞ」

「こちら東川です。どーぞ」

「指令室へ状況報告して、全線の停止を確認しました。線路に下りて大丈夫です。どーぞ」

「了解です」

「東川さんが行くんですか？」やり取りを聞いていた運転士さんが言う。

「はい！」

電車は止まっているから危なくないと思っても、線路に下りるのは怖い。入ってはいけない場所だ。

矢部さんが大丈夫と言うのだから大丈夫だと思うが、もしも連絡ミスがあって電車が動き出したら、どんなに装備をしていても助からない。でも、ホームにいるお客さまはわたしを見ているし、怯《おび》えている場合ではなかった。

ホームの先頭にある階段を使って、線路に下りる。

装備を着けているから身体を動かしにくいし、ヘルメットのサイズが大きくて下がってくる。走りにくいが、走る。

男の子が隣の駅まで逃げていたら、駅員室に連絡が来るはずだ。そしたら、矢部さんがわたしのトランシーバーに連絡をくれる。連絡がないということは、うちの駅から隣の駅まで行く間のどこかにいるということだ。

高架ではないから、柵を越えれば線路の外に出られる。隣の駅までの間にいなければば、外に出たと考えていいだろう。

「こちら矢部です。東川さんとれますか？　どーぞ」トランシーバーから矢部さんの声が聞こえてくる。

「こちら東川です。どーぞ」

「隣の駅からは連絡ありません。どーぞ」

「了解しました」

連絡がないなら連絡してこなくてもいいのにと思ったが、冷静に見えた矢部さんも内心では慌てているのかもしれない。

ホームにいたお客さま達が状況を聞くために、改札に押し寄せているだろう。今は通学や九時出勤で会社に行く人が途切れた谷間の時間だ。あと三十分くらいで十時出勤で会社に行く人達のラッシュが始まる。それまでに男の子を探し出して運転を再開させないと、ホームから改札まで人が溢《あふ》れる。対応は既に始まっているだろう。矢部さんと菊名さんはわたしの応援には来られないと考えた方がいい。駅でお客さまの対応に追われるより、線路上を走る方が楽そうな気がしてきた。

駅が見えないところまで走ってきたが、男の子はいない。

立ち止まり、息を整える。

ゴールデンウィークの頃は夏みたいに暑い日もあったけれど、今日は爽《さわ》やかな風が吹いている。まだ朝だから涼しいくらいだ。それでも、制服に装備を着けて走るには暑い。

ヘルメットを取って汗を拭《ぬぐ》おうと思い、顔を上げたら、視界の端におかしなものが見えた。

見なかったことにしたいけれど見なかったことにはできないと思いながら覚悟を決めて視線をずらすと、電柱の上の方に男の子がいた。

「何しているんですか？」

そういうことではないと思ったのに、普通の質問をしてしまった。

「下りれません」

男の子は長い手足で電柱にしがみつき、泣きそうな顔をしている。

「どうして上ったんですか？」

「勢いで」

「いや、どうやってじゃなくて、どうして？」

「どうしてでしょう」

「勢いって、どんなんですか？」

「えっ？　今、どうしてって聞いたんじゃないんですか？」

「どうしても気になったんですけど、勢いって？」

　これはヤバいと頭では判断しているが、どうしようもないという判断もしていて、妙に冷静に話してしまう。

「勢いは勢いです」

「そのまま、動かないでください」

　トランシーバーで連絡を入れて、矢部さんか菊名さんに来てもらうしかない。わたし一人で彼を電柱から下ろすことはできない。お客さまの対応に追われていて二人とも来られないかもしれないが、矢部さんに判断してもらった方がいい。

　足場もない電柱にどんな勢いで上ったのか分からないが、逃げてきてわけが分からなくなって謎《なぞ》の力を発揮したのだろう。上までいったところで我に返り怯えるなんて、木登りをする子供のようだ。無理に下りようとしたら、怪我《けが》をする。

「こちら東川です。矢部さんとれますか？　どーぞ」

「こ、矢部、す。ど」

　駅から離れてしまったせいか、矢部さんの声が途切れ途切れにしか聞こえない。

「男の子、発見しました。駅から三百メートルほど進んだところで、電柱にしがみついています。どーぞ」

「東、さん、よく、ません。ど」

きっと、「東川さん、よく聞こえません。どーぞ」と言われたのだろう。

「男の子、発見しました。どーぞ」重要なことだけを伝える。

「りょ、ました」

状況は伝わっていないが、わたしが戻らなければ、矢部さんが他の駅に応援を頼んだりしてくれるだろう。

「もう少し、がんばってください」男の子に声をかける。

「はい」

「大丈夫ですからね。心配しなくていいんですよ」

男の子を見上げようとすると、ヘルメットが落ちてくる。

ヘルメットを取りたいが、男の子の動き次第では危険なことが起こるから、かぶったままでいた方がいい。当たり前のことだけれど、電車は電気で動く。電柱から架線が張り巡らされている。動揺した男の子が架線に移ったら、感電して大事故になる。

わたしが今やるべきことは、刑事ドラマに出てくる交渉人のように慌てず騒がず男の子に接して、彼の心を落ち着かせることだ。

「こち、矢、です。ひ、しが、さん。ど」

「こちら東川です。どーぞ」

「駅、こ、ら、し、ます。し、らく、くだ、い。ど」

何を言っているのか、全く分からない。

トランシーバーではなくて、スマホを持ってくればよかった。大きな駅では駅員同士のやり取り用にPHSを支給されているところもあるが、うちの駅にはトランシーバーしかない。住宅街の中にあるので駅の利用者は多いが、各駅停車しか止まらないし乗り換えもできない。酔っ払いが暴れるくらいしか問題は起きないから、トランシーバーを使う機会もたまにしかなかった。ずっと充電器にさしっぱなしだったせいで、過充電で壊れているのかもしれない。

「矢部さん、聞こえません。どーぞ」

「そ、まま、ってく、さい」

電柱の上から男の子は動きそうにないし、一度駅に戻った方がよさそうだ。状況を説明してわたしが駅に残り、矢部さんか菊名さんに男の子を救けに行ってもらう。男の子は太ってはいなくても背が高いから、身体は重そうだ。場合によっては、レスキュー隊とかを呼ぶことになるだろう。このトランシーバーでは、状況を説明しきれない。

「わたし、ここを少し離れますけど、動かないでくださいね」ヘルメットが落ちてこないように押さえ、男の子を見上げる。

逆光になっているせいか、男の子は異様なほど顔色が悪く見える。ホームから線路にいるのを見た時も、不健康そうだなとは感じた。顔が青白くて、目の下のクマが濃い。

「どこに行くんですか？」

「一度駅に戻ります。それで、人を呼んできます」

「行かないでください！」

一人になると思って焦ったのか、男の子は電柱から両手を離す。

「ええっ！」

落ちると思ったが、山型に盛られている砂利の上に見事に着地した。

トランシーバーが混線しているような音を立てる。

「こ、ら、す。ひ、」

矢部さんが何か言っているが、混線している音にかき消される。声が途切れるまで待つ。

「こちら東川です。男の子、電柱から飛び下りました。怪我はありません。今から駅に戻ります」

向こうに全部は聞こえないとしても、部分的には届くだろうから、状況を説明しておく。

落ち着くのを待ってから線路の外に出て、男の子を駅に連れていけばいい。全部が伝わっていなくても大丈夫だろう。

「大丈夫ですか?」

線路の端にしゃがんでいる男の子に近寄る。

「大丈夫です」

「急がないでいいので、気分を落ち着かせてから戻りましょう」

「はい」

「向こうの踏切まで歩けますか?」

わたしと彼が外に出れば、電車の運転は再開できる。

「ちょっとまだ無理そうです」

「いいですよ。歩けそうになったら、言ってください」

息を吐いて空を見上げたら、穏やかな気持ちになってきた。天候のせいだろう。さっきまで頭の中が混乱していたのが一気に落ち着いていく。

どこかから甘い香りがする。

線路沿いにある公園に咲いている花の香りだ。

今の季節は、つつじやハナミズキの他に何種類か、花が咲く。昨日の休憩時間に前を通ったら、ハナミズキが薄いピンク色の花をたくさんつけていた。満開から少し散ってしまったみたいだが、キレイだった。

「名前を教えてもらえますか？」男の子に聞く。

「神田《かんだ》です」

「神田君、深呼吸しましょう。甘い香りがしますよ」

線路を走って問題を起こしてもお客さまだから神田さんと呼ぶべきかと思ったが、神田君という感じがした。身体は大きいのに、小さな子供みたいに見える。

「はい」神田君はゆっくり立ち上がり、大きく息を吸う。

「そろそろ、歩けますか？」

「大丈夫そうです」

「じゃあ、こっちに」

踏切まで行くために、駅の方に少し戻る。

「東川！」

振り返ると、隣の駅から大口《おおぐち》さんが走ってきていた。なぜか手に誘導灯を持っていて、大きく振りまわしている。

「うわーっ！」大口さんを見て、神田君は叫び声を上げる。

そして、また走っていってしまう。


ぐったり。

というのは、こういう状況を言うのだろう。

わたしも矢部さんも菊名さんも勤務を終えて、着替えを済ませたが、帰れずにいる。

駅員室の奥にある休憩室で、一時間くらい無言のまま三人で身を寄せ合っていた。

「家に帰って、休めよ」駅長が休憩室に入ってくる。

「電車に乗るのが怖いです」菊名さんが言う。

「なんだよ、それ」

「恐怖体験ですよ。トラウマです」わたしが言う。

「トラ？　ウマ？」

「説明するの面倒くさいんで、ググってください」

「何？　ググってってなんだ？」

「それも、ググってください」

「東川、そういうのモラハラって言うんだぞ。知ってるか？　モラハラ。年寄りをいじめるなよ」

「はい？」いけないと思いながら、駅長を睨《にら》みつけてしまう。

いつもだったら、駅長の鬱陶《うっとう》しさに付き合ってあげられる余裕はあるが、今日は勘弁してほしい。

「菊名と東川は分かるけど、矢部もだらしねえな」

わたしはまだ駅員になって三年目だ。入社してすぐにこの駅に配属された。菊名さんはわたしより年は上だけれど、中途採用で最初は本社勤務だったから駅員になって一年も経《た》っていない。矢部さんは、車掌も運転士も経験して駅員に戻ってきたベテランと言ってもいい人だ。機械に弱くて券売機の使い方を把握しきれていない駅長よりも、駅の全てを理解している。

「いや、自分は体力的なことで」

「身体、鍛えろよ。もう若くないんだからな」

駅長は休憩室から出て、窓口の方に戻る。

あの場にいなかった人に何が分かるんだと、文句を言いたくなったが、言うだけ無駄だ。何を言っても、「最近の若い奴は根性がない」と返される。わたしや菊名さんの繊細な神経は、おっさんには理解できない。

「昼メシでも食いにいきましょうか？」矢部さんに向かって、菊名さんが言う。

まだ十一時半だから、お昼ごはんには少し早い。でも、お腹《なか》はすいていた。今の時間だったら、ランチの時間になると混雑して入れない店でも入れる。住宅街の中にあるイタリアンに行ってみたかったんだと思ったが、身体が動かない。お腹がすきすぎているのか、ちょっと気持ちが悪い。

昨日の午前九時から働いている。二十二時まで働いて仮眠をとり、始発が出る前に起きてまた働く。勤務日数としては二日に換算される。起きてすぐにパンを食べて、それから何も食べていなかった。

「東川は、どうする？」矢部さんがわたしに聞いてくる。

「線路を見るのが怖い」両手で顔を覆って泣き真似《まね》しようとしたら、本当に泣きたくなった。

「怖い」菊名さんがわたしの真似をする。

「もう少し休んでからにするか」

矢部さんに言われ、わたしと菊名さんは大きく頷く。

隣の駅の大口さんを見て走り出した神田君を捕まえるのに、一時間以上かかった。

神田君は、大きな身体で猿のように動き回った。

電柱に上り、柵に上り、レールにしがみつき、線路の上を走り回る。わたしと大口さんが捕まえるために必死になればなるほど、逃げていった。神田君が電柱に上ったところで、わたしも大口さんも動くのをやめた。ここからは交渉人作戦だ！　と思ったが、騒ぎを聞きつけて集まってきた近所の住人に囲まれ、神田君はわたしの話を聞ける状態ではなくなった。

大口さんの持ってきたトランシーバーも繋がらず、どちらかが駅に戻ろうと話していたら、わたし達のやり取りを見学していた近所の住人がスマホを貸してくれた。借りていいか迷ったが、迷っている余裕はない。騒ぎが大きくなり、ギャラリーは増えていく一方だ。スマホで駅に電話をかけて、矢部さんに連絡を取った。電話の向こうから、駅の周りで暴動が起きているような声が聞こえた。スマホを返し、近所の住人に線路の中に入らないように注意している間に、神田君は電柱を下りて逃げていった。わたしと大口さんが、神田君を追いかけて線路上を走り回っていたら、救急車と消防車が到着して、レスキュー隊の人達が来た。

これで安心と思ったが、神田君はレスキュー隊の人達の手からも逃げた。レスキュー隊の人は「線路に猿が入って、大捕り物になった時のことを思い出します」と、言っていた。

最終的に神田君は信号機に上り、動かなくなった。

信号機に上られるのは、電柱に上られるより困る。

どちらも困るけれど、電柱より信号機の方が壊れやすい。もしも信号機を壊されたら、復旧するまで電車が止まるか、徐行運転することになる。電柱ほど高さはないからレスキュー隊の人達は力ずくで下ろそうとしたが、わたしと大口さんで止めた。

何があっても暴れさせてはいけない。交渉人作戦再開！　と思ったが、神田君の話が重すぎて、わたしにはどうしようもなかった。神田君は高校二年生のゴールデンウィークから二年以上引きこもっていたようだ。死のうと思って、外に出てきたらしい。でも、死にたくないと思った。目の前に迫ってきた電車を見たら、怖くなった。信号機にしがみついて涙を流しながら話す姿を、わたしも大口さんもどうしたらいいか分からないという気持ちで胸をいっぱいにして、見ていた。

大口さんと相談して、しばらく様子を見ることにした。泣くだけ泣いたら気が済んだのか、神田君は信号機から下りてきた。体力も限界だったようだ。引きこもりから外に出たばかりで動き回ったせいか、立ち上がってもすぐに倒れそうになった。レスキュー隊の人に支えられて踏切まで歩いて外に出て、線路沿いで待機していた救急車に乗せられた。

その後、線路周りの安全を確認して、電車の運転は再開された。

電車が止まってから再開するまで、一時間半もかかってしまった。

駅と駅の間で止まっていた電車もあり、運転再開後も混乱がつづいた。

遅延の影響で、交替の人達が出勤してくるのも十時近くになった。

駅での対応は十時過ぎには落ち着き、それから矢部さんにどういう状況だったか伝えて、事後報告書を作成してもらった。十時半にわたしと矢部さんは勤務を終えて、着替えを済ませた。菊名さんもわたしと矢部さんを待ってくれていた。

わたしが神田君を追いかけていた間、駅は人が溢れ、大変だったらしい。

「大口さんに、ドタバタ劇って言われて、何言ってんですか？　って突っ込んだところが、今日一の笑いでした」わたしが言う。

「何、言ってんの？」矢部さんが聞いてくる。

「あんなに笑いを取れることなんて、この先ないと思います」

線路上を走り回っていた時に、「ドタバタ劇みたいだな」と言われた。大口さんも矢部さんと同じように車掌と運転士を経験して、駅員に戻ってきた。年齢は矢部さんより少し下だけれど、三十代半ばくらいのはずだ。「ドタバタ劇っていうのは、ドリフみたいなことだ」と説明を受け、「昭和生まれのおっさん」「平成生まれのガキ」と罵《ののし》り合っていたら、見学していた近所の住人達から笑い声が上がった。わたしは昭和六十三年生まれであることは、言わないでおいた。

「良かったな」

「良くないですよ！」

鉄道業界は基本的に男社会だ。どの会社も女性の採用は増えてきているし、女駅員は珍しくなくなってきている。でも、男性に比べたら少ない。うちの駅では、わたしだけだ。

かわいすぎる駅員として、有名になりたかった。

笑いなんか、取れなくていい。駅員をやる上で、それだけがモチベーションだったのに、今日ので夢は破れた。

二年間少しも話題にならなかったんだから、有名になれることはこの先もないと思うが、鉄道オタクに写真を撮られたことくらいはある。

ドタバタ劇を繰り広げていた間も、スマホで写真を撮っていた人がいたから、ＳＮ

Sでは既にちょっとした有名人になっているかもしれない。誰かが「この駅員、ちょーかわいい」とか書いてくれることを祈るのみだ。何か書かれていないかスマホで見てみようかなと思うが、見ない方がいいことは分かっている。どうせ、いいことは書かれていない。たとえ、神田君があのまま電車に轢かれて死んでいたとしても、SNSには電車が止まったことに対する苛立ちだけが綴《つづ》られる。駅員の対応の酷《ひど》さも書かれることがある。安全に、できるだけ早く復旧しようとしても、その努力を考えてくれる人はいない。

「俺さ、トランシーバー聞いて、飛来物って言っちゃったんだよな」矢部さんが言う。

「はい？」

「東川からの連絡で、飛びっていうのだけ聞こえたから、指令室に連絡して、何か飛んだみたいですって」そう言いながら、なぜか笑う。

「飛来物はないですよ」菊名さんも笑う。

笑うしかないという気持ちはあるが、笑っていいことではない。わたし達三人はあの一時間半にどれだけのミスを重ねたのだろう。

そして、全てのミスはわたしに繋がっている。

「わたし、駅員に向いていないんだと思います」

「なんだよ、急に重い話すんなよ」矢部さんが言う。

「度胸もないし、判断力もないし、やる気もないし」

「せめて、やる気は出していこう」菊名さんが言う。

「菊名さんは、やる気あるんですか？」

「それなりには」

「それなりって、なんですか？」

「うーん」

「幹部になるためにやる気を出しているだけで、駅員としてのやる気じゃないですよね？」

　菊名さんはあと何ヵ月かで本社勤務に戻る。幹部候補というやつで、その後は本社で出世を重ねていく。駅員でいるのは現場研修みたいなものだ。

「駅員の仕事も楽しいよ」

「嘘《うそ》だ」

「接客は嫌いじゃないし、自分にはこっちの方が向いている気がする」

「じゃあ、本社に戻るのやめますか？」

「それは、やめないけど」

「東川、疲れている時に人に当たるな」矢部さんに止められる。

「だって……」

「お前の希望は、分かっているから」

「はい」

「亡くなった親父《おやじ》さんの夢を叶《かな》えたいんだろ」

「父は死んでいませんっ！」

「あれ？」

「母です！　亡くなったのは」

「そうだっけ？」

「そうです」

「じゃあ、亡くなったおふくろさんの夢を」

「夢を持っているのは、父です」

　わたしの夢や家族について矢部さんに話したことがあったが、ちゃんと憶《おぼ》えていないようだ。

「どっちでもいいけど、そんなに焦るなよ」

「どっちでも良くないですよ」

「とりあえず、あれ目指せよ。ほら、かわいそうな駅員だっけ？」

「かわいすぎる駅員です」

「かわいすぎるって、日本語合ってんのか？」

「どっちでもいいです！」

わたしが怒ると、矢部さんも菊名さんも声を上げて、笑う。話し声が外まで聞こえたみたいで、休憩室の向こうで駅長も笑っていた。

「そろそろ、帰るか」

矢部さんが立ち上がり、菊名さんも立ち上がる。わたしも立ち上がる。背中に神田君の生き霊を負ぶっているんじゃないかと思えるくらい、身体が重い。

でも、身体以上に気持ちが重い。


大学を卒業して、新卒で今の会社に就職した。今年で二十五歳になったけれど、まだ実家で暮らしている。

「ただいま」

玄関から入り、奥の居間に向かって声をかけてみたが、平日のこの時間は誰もいない。いつものことなのに、疲れているせいか、寂しいと感じた。

自分の部屋にカバンを置いてから、居間に行って仏壇に手を合わせ、母の遺影に今日のことを報告する。

母は、わたしが小学校一年生の冬に子宮頸癌《けいがん》で亡くなった。

癌だと分かったのは、亡くなる一年前だ。亡くなった時、母はまだ二十九歳だった。年齢的に若かったのもあり、発見した時にはどうしようもないところまで進行していた。手術もできないと言われ、それでも生きようとする母の姿を憶えている。わたしが小学校に入学した頃は自宅療養をしていたけれど、体調がいいとは言えなかったはずだ。それでも、入学式に来てくれた。

しかし、子供だったわたしにはよく理解できず、わがままを言って父と母を困らせた。

人が死ぬということが分からなかったわけではない。

友達にはお父さんとお母さんがいるのに、どうしてわたしだけがこんな思いをするのかが分からなかった。

どんなにがんばっても、母は死んでしまう。同級生の中には母子家庭の子もいたし、それぞれの家庭で事情はあったと思う。でも、自分だけが不幸な気がした。母がいなくなることが寂しかった。父と二人になることに不安もあった。

父は、家電メーカーに勤めている。営業職だから、帰りが遅くなる日が多い。母が亡くなった後、母方の祖母がわたしを引き取ると言い出した。

仕事が忙しくて家事もできない父に、子供を育てることはできない。祖母の家も都内だから、一年生の終わりまでは電車で小学校に通える。二年生になる時に転校すればいいと言われた。友達と離れてしまうのは嫌だったし、父と離れてしまうことも考えられない。どんなに忙しくても、父は休みの日はわたしと一緒に遊んでくれた。母が癌だと分かってからの一年間は、三人でくっついて暮らした。

わたしがどんなに願っても母が亡くなったように、父と離れることも、わたしにはどうしようもないことなんだと思っていた。

お葬式の後に祖母から「どうしたい？」と聞かれ、わたしは答えられなかった。父と暮らしたいと答えれば、大人達を困らせる。でも、おばあちゃんの家に行きたいと言えば、嘘をつくことになる。わたしが答えないでいたら、父が「加奈《かな》は僕が育てます」と言った。

それで、祖母や親戚がすぐに「じゃあ、そうしましょう」と言ったわけではない。話し合いを重ね、わたしが寂しい思いをしないように、成長期に困らないように、考えてくれた。

平日の夜はできるだけ祖母が来てくれた。わたしはスイミングスクールとピアノ教室に通うことになった。学校から帰ってきて父も祖母もいなくても寂しくないように習い事をした方がいいと、母の姉である伯母《おば》が言ったからだ。祖母が来られない日には、伯母が来てくれることもあった。初めて生理になった時には、祖母にも父にも言えず、伯母に電話した。

中学生になってからは、夕ごはんの準備はわたしができるようになり、祖母は月に何日か来るだけになった。掃除や洗濯の当番を分担して、父と二人での生活が始まった。ソフトボール部に入って練習が大変だったから、習い事はやめた。

休みの日にどこへ遊びにいくのか、母が生きていた頃はわたしと母で決めていた。父はわたしと二人で動物園や遊園地に行ってもいまいちはしゃげず、デパートに行ってもどうしたらいいか分からなそうにしているだけだ。どうにかしてわたしを楽しませようと気を遣っていることは、子供でも分かった。

わたしと父が二人で楽しめるのは、電車を見にいくことだった。

遠くまで行かなくても、マンションのベランダから線路を見て何系が通ったか話しているだけで、楽しかった。

動物園や遊園地には祖母やいとこ達と行き、デパートには伯母と行けばいい。無理をせず、父と二人で出かける時には電車を見にいくことにした。無理をしたら、崩れてしまう生活だという気がしていた。

電車の運転士になるのが父の夢だった。でも、鉄道会社に就職できなかった。緊張して、就職試験の日に熱を出したらしい。

女性の駅員は、わたしが子供の頃は今以上に珍しかった。見たことがなかったからいないと思っていたが、当時も採用があったことは自分が就職活動をする時になって知った。わたしが男の子だったら、父の代わりに夢を叶えられるのにと考えていた。

授業と部活と家事に追われ、反抗期になる余裕もないまま育ち、高校生になってからも休みの日には父と二人で電車を見にいった。部活の試合でわたしが行けない日も多く、父の仕事で行けない日もあり、行ける時には遠出した。その頃から女性の駅員も運転士や車掌も見るようになった。その姿を見て、「将来は運転士になろう」と、決めた。

父から何か言われたわけではないが、鉄道会社に就職が決まった時はとても喜んでくれたし、運転士になった姿を見せられたらもっと喜んでくれるだろう。

しかし、運転士までの道のりは長い。

うちの会社では新卒採用は、まず三年間は駅に勤める。それから三年間は車掌として電車に乗る。運転士になれるのは、その後だ。わたしが運転士になれるまで、あと四年近くかかる。

二十二歳の時に母はわたしを産んだ。わたしが運転士になれるまでの時間は、母がわたしの母親になってから癌だと分かるまでの時間と重なる。それはとても長くも、短くも思えた。

子供の頃のことを思い出して、仏壇の前でぼうっとしてしまった。

立ち上がり、台所に行く。

午前九時までの勤務の日には、帰ってきてからしばらく眠る。駅員室で仮眠を取っただけでは、充分な睡眠にならない。大学の時の友達とランチや買い物に行く日もあるが、帰ってくることの方が多い。お昼過ぎまで眠って、父の夕ごはんを作ってから出かける。今では父も料理ができるから、作らなくてもいいと言われているけれど、わたしにできることはやりたかった。

今日はいつもより帰りが遅くなってしまったから、眠る時間はない。

魚を煮て、大根と油揚げの味噌汁《みそしる》を作る。温めるだけで食べられるように準備をする。冷蔵庫の中には、父が作った野菜の煮物があった。お豆腐があるから、冷奴《ひややっこ》にして食べるだろう。ごはんを父が帰ってくる時間に炊き上がるように、セットする。

シャワーを浴びて、化粧をして、出かけようとしたら、もう夕方だった。父が干していった洗濯物を取りこむ。隣にマンションが建ってしまい、今はベランダから電車は見えない。

でも、電車が走っている音は聞こえる。

洗濯物をたたんでから、出かける。


多分、父とわたし、二人の生活はもうすぐ終わる。

わたしには大学生の頃から五年間付き合っている片倉《かたくら》君という彼氏がいる。午前九時まで勤務した日の翌日は、できるだけ休みにするようにしている。父の夕ごはんを準備した後、わたしは片倉君のアパートに行く。

平日の昼間は、片倉君も会社に行っている。合い鍵で部屋に入る。

「おじゃまします」

ワンルームのアパートだから、玄関で声をかければ、自然と奥の部屋に届く。当然、誰もいない。

スーパーで買ってきたものを台所に置き、奥の部屋の隅にカバンを置く。テーブルの上に散らかっている雑誌やグラスを片づける。ベッドのシーツが剝《は》がれそうになっていたので、直す。外が暗くなっているから掃除機は明日の朝かけた方がいいだろう。アパートの中は音が響く。ご近所付き合いはないけれど、ないからこそ気を遣う必要がある。

こういうことをやっていると、友達からは「加奈は片倉君のお母さんみたいだ」と言われる。母がいなかったから、お母さんみたいの意味がよく分からないし、片倉君も嫌がったり甘えたりするわけじゃないから、気にしなくていい。

うちとは逆で、片倉君にはお父さんがいない。

わたしと同じように、小学校一年生の時に癌で亡くしている。弁護士でバリバリ働いているお母さんに育てられた。大学入学時に「自立しなさい」の一言で、家から出されたらしい。友達のお母さんとは、違う。お母さんみたいの意味が片倉君にも分からないだろう。

台所に立ち、買ってきたものを袋から出す。

牛乳とヨーグルトを冷蔵庫に入れる。レシートは冷蔵庫に張り付けた袋に入れておき、給料日にまとめて精算する。大学生の時はお金のことは細かく気にしていなかったが、就職してからは二人で話し合い、ちゃんとしていこうと決めた。話し合いながら、いつかは結婚するということが具体的になっていくのを感じた。

片倉君は結婚願望が強い。付き合いはじめた頃から、「結婚しよう」「同棲《どうせい》しよう」と、何度も言われている。

学生の時は冗談として聞き流せたけれど、最近は聞き流せなくなってきている。結婚するにはまだ早いと思っても、真剣にプロポーズされる日がもうすぐ来るだろう。

冷蔵庫から生姜《しょうが》を出し、生姜焼きのタレを作る。

一日に二度、夕ごはんを作るのは大変だ。片倉君は婿入りとは違うが、わたしと父と三人で暮らしてもいいと言ってくれている。でも、それは何か違う気がする。父とわたしの生活に片倉君が入るのは、変だ。二十年近くかけて、二人で作り上げたバランスがある。そこに、他人は入れない。

「ただいま」片倉君が帰ってくる。

「おかえりなさい。早かったね」

「そう？　いつもとそんなに変わらないよ」台所の棚に置いてある時計を指差す。

七時を過ぎていた。

外が暗いのだから、それくらいにはなっているはずなのに、頭が回らなくなっていた。勤務時間が長引いたせいか、時間の感覚が狂っている。

「ごめん、夕ごはんできてない」

「いいよ。今日、大変だったんだろ？」

片倉君は奥の部屋に行き、ジャケットを脱ぐ。ハンガーにかけて、クローゼットの外側に吊《つ》るす。部屋は少し散らかっているけれど、母子家庭で育ったからか、こういうところはちゃんとしている。基本的に家事全般もできる。

「えっ？」

「電車止まって、大活躍だったみたいじゃん」

「なんで、知ってんの？」

「ニュースにもなってたし、動画サイトに投稿されてる」

「動画サイト……」

画像までは考えていたが、動画まで載せられているとは思いもしなかった。

「顔はモザイク入ってたけど、すぐに加奈って分かった」

「そうなんだ」疲労感が増していく。

「彼女がモザイク入りの動画になってるって、なかなか複雑な気持ちになったよ」

「そうだよね」

「かわいいって、コメントつけておこうか？」

「いい！　やめて！」

「かわいすぎる駅員になりたいんじゃないの？」

「それは、冗談だから」

「ふうん」

台所に来て、片倉君はわたしの後ろから抱きついてくる。

「ごはん、作れない」

「外に食べにいく？」

「材料、買ってきちゃったし」

「明日、食べるよ」

「でも」

キスをして、シャツの中に手を入れてくる。片倉君の手は大きくて、冷たい。

奥の部屋に行き、ベッドの上に座る。

「わたし、すごく疲れているんだけど」

「何もしなくていいよ。寝ちゃってもいいから」

「うん」

「寝させないけどね」

シャツを脱がされる。片倉君もシャツを脱ぎ、わたしに覆いかぶさってくる。強く抱きしめられるとそれだけで、仕事で大変だったことがどうでもよくなる。

先に好きになったのは、わたしだ。

大学に入学してすぐに入った野球サークルで一緒だった。鉄道研究会に入ろうかと思っていたが、わたし達が通った大学の鉄研はナンパな感じがしたから、近寄らないことにした。電車好きと言いながら何も知識がなさそうな人しかいない。

草野球をやったり、野球観戦に行ったりすると説明を受け、部活でソフトボールをやっていたからここがいいと思い、野球サークルに入った。スポーツ系のサークルは飲み会ばっかりやっているところが多いが、そういうこともなかった。

片倉君は高校の野球部で一緒だった先輩がいて、わたしより先にサークルに入っていた。新入生歓迎会の時には先輩達と話していて近寄れず、ゴールデンウィークに河原で草野球の試合をやった時に初めて話せた。初めて見た時からちょっといいなと思っていた。周りを気にしながら動いているが、押しつけがましくなくて、よく笑っている姿が気になった。話せた時は、嬉《うれ》しかった。

それまでに男の子を好きになったことはあったけれど、彼氏がいたことはない。片倉君のことを好きになった気持ちは、今まで男の子に対して感じた好きとは違う気がした。何があったわけでもないのに、父にも伯母にも言えないと思っていた。

話せても、友達になれただけだ。片倉君には高校生の時から付き合っている彼女がいた。わたしが電車のマニアックな話をしても片倉君は笑って聞いてくれるから、友達でもいいと思おうとした。野球がうまくて、明るくて、片倉君の周りにはいつもたくさん人がいる。そのうちの一人でしかなくてもいいと思った。でも、耐えられなくなった。

そして、彼の家庭環境に勝手に共感した。わたしの気持ちを分かってくれる人だという気がした。

大学一年生の終わりに、どうしても我慢できなくなって告白した。「待っていてほしい」と言われた。どういうことか分からず、それでも待とうと決めた。二年生になってゴールデンウィークに、初めて話した河原でまた草野球の試合があり、その時に「付き合おう」と言ってくれた。

最初に話した時から片倉君もわたしを好きだったこと、けど無理だと思っていたことを付き合って半年が経った頃に聞いた。わたしが共感した家庭環境を片倉君は逆に考えていた。同じようなと言ってもいい環境で、わたしは強く明るく生きているように見えたらしい。そう言われた時に、彼が明るく見えるように振る舞っているだけだということを知った。わたしも同じだと告げた。親を亡くした悲しみを、わたしも片倉君も心の奥に押しこめて、生きてきた。ひとり親だからって不幸だったわけじゃない。でも、お父さんとお母さんが揃《そろ》っている普通と言われる家庭に対する強い憧れがあり、その気持ちは悲しみ以上に押しこめないといけないものだった。

五年が経っても、会えばこうしてセックスをするし、お互いに対する好きという気持ちは強くなるばかりだ。けんかをすることも、別れ話をしたこともあるけれど、絶対に別れたくない。

「眠い？」片倉君は、わたしの大きいとは言えない胸に埋《うず》めていた顔を上げる。

「ううん」

「じゃあ、もっと気持ち良さそうにして」

「演技はしない」

「モザイク必要なことしちゃうぞ」

「何それ？　何するの？」

「何されたい？」

「普通にして」

「普通って、なんだよ」

片倉君がわたしの中に入ってくる。

結婚したい。

早く片倉君の子供を産みたい。

運転士になりたいという気持ち以上に強く、そう望んでいる。

結婚したら専業主婦になってほしいなんて、片倉君は言わないだろう。父とのことを話し、わたしの夢を理解してくれている。会社には結婚しても仕事をつづけている人がたくさんいる。子供を産んで職場復帰した人だっている。今は、共働きの家庭も多い。

でも、わたしの気持ちとして、何かが違うと感じる。

わたし自身が運転士になることより、結婚して専業主婦になることを望んでいる。お母さんがいる家庭を自分で作りたい。そして、わたし達が子供の頃に普通と言われていた家庭を片倉君に持ってほしい。

電車は好きだし、駅員の仕事だって嫌いなわけじゃない。それなのに、かわいすぎる駅員になりたいというバカみたいな目標を立てなければやっていけないくらい、やる気がなくなってしまっている。今日みたいなことがあれば、人の命が関わってくる仕事だ。そんな気持ちでつづけていいわけがない。

わたしと電車を見ている時、父は楽しそうにしている。けれど、どこか悲しそうな顔に見えた。電車を見ると、母のことを思い出すのだろう。母が生きていた頃に、三人で電車を見にいったことがあった。二人で、見にいったこともあったのだと思う。わたしが「運転士になりたい」と言った時、本当に嬉しそうだった。

父の夢を叶えたいという気持ちと自分の夢、どちらを選べばいいか決められない。

「どうしたの？」

「わたし、どうしたらいい？」片倉君に力いっぱい抱きつく。

「気持ち良さそうにしてって言ってるじゃん」

「そういうことじゃなくて」

「加奈の好きにしたらいい」

「それが分からないの」

わたしが何を迷っているのか、片倉君は分かっている。今日みたいなことがあった後は迷いが強くなることも、分かっているだろう。

「今は俺のことだけ見て」

「うん」

「後で相談に乗るから」

「うん」

「っていうか、考えごとできる程度になってしまったのか、俺とのエッチは」

「ごめん」

「いいけど」

「もっと強くして」

「最初からそう言えよ」

片倉君はわたしの手から離れて、体勢を変える。乱暴なくらい強く腰を動かす。

窓は閉まっていても、微《かす》かに外の音が聞こえる。

この部屋にも電車の走る音が聞こえる。


休みを一日挟んで駅に行ったら、一昨日《おととい》の騒動が嘘みたいにいつも通りだった。

電車は定刻通りに走らせないといけないものだから、一昨日の騒動の片鱗《へんりん》が残っていたら困るのだが、不思議な感じがする。神田君を追いかけていったことが夢だったんじゃないかと思える。あれだけ長い時間電車を止めてしまっても、駅員の業務に変化はない。冷静に、いつも通り勤めるだけだ。お客さまにも、もちろん変化はない。

「こんなもんなんですかね？」事務仕事をしている矢部さんに聞く。

「何がだよ？」

「なんか、何もなかったみたいじゃないですか？」

「何もなかったみたいでいいんだよ」

「そうですけど」

「それに、何もなかったわけでもないんじゃないか」

「どういうことですか？」

「あの後に、東川が駅員に向いていないって言って落ちこんだように、電車が遅れたことが影響して、人生が何か変わった人だっていると思うぞ」

「そうですか？　電車止まっても、ＳＮＳに悪口書くぐらいで何も変わらないんじゃないですか？」

　人生が何か変わったとしたら、悪い方に変わっただけだろう。遅刻したとか、電車に閉じこめられて体調を崩したとか、いいことが起きたとは思えない。

「悪口書くなんて一部だよ」

「そうですけど、わたしは動画までアップされましたよ」

「かわいそうな駅員に一歩近づいたな」書類を確認していた顔を上げて、笑う。

「かわいすぎる駅員です！」

「どっちでもいいけどな。それより、駅員としてのやる気は出たのかよ？」

「それがですね、昨日と一昨日彼氏の部屋に泊まりまして」椅子を出して、矢部さんの隣に座る。

「のろけか？」

「違いますよ」

「泊まったっていうことは、昨日やったのか？」

「セクハラ、やめてもらえます？」

「セクハラじゃねえよ。東川のセクシャルにはなんの興味もないからな」

「失礼ですよ」

「いいから、話進めろよ」

「よくある悩みですよね。結婚か仕事のどっちをとればいいかみたいな」

「それで？　彼氏の部屋に泊まって答えは出たのか？」

「わたし、やっぱり結婚したいんです」

「すればいいじゃねえか」

「でも、仕事もつづけたいんです。運転士になった姿を父に見せたいんです」

「お父さんに見せたいから運転士になりたいのか？」

「それだけじゃないですよ。電車は好きですから。今の彼氏が相手じゃなかったら、こんな風に迷わないと思います」

「今の彼氏って、前の彼氏いないいんだろ？」

「そうですけど」

「東川って今、二十五歳だろ？」

「はい」

先月の誕生日で、二十五歳になった。

「まだ若いんだから決めなくていいいんじゃないか？　仕事のことも恋愛のことも、これから分かっていけばいいいんだよ」

「だって、もう二十五歳ですよ」

子供の頃、二十五歳は大人だった。二十五歳になったら、結婚して子供がいるんだと思っていた。結婚や出産の平均年齢から見たら、実際に二十五歳で子供がいる人は少ないのだろう。でも、母は二十二歳でわたしを産んでいるし、父は母の二歳上だから二十四歳だった。だから、自分も二十五歳の時には大人になっているんだと思っていた。成人して、就職して、社会的には大人になったが、自分の思い描いていた姿とはほど遠い。

「まだ二十五歳だよ」

「もう二十五歳ですよ」

「俺なんか、あと三年で四十だぞ。二十五くらいで、もうって言われたら、どうなるんだよ」

「そうですね」

矢部さんや駅長から見たら、わたしが子供でしかないというのは分かる。しかし、それとこれとは別問題という感じがする。

三十歳より先の人生を考えられない。母が二十九歳で亡くなっているから、自分にもその先の人生がない気がしている。二十九歳の時に、自分がどうなっているのか、どうなっていたいのかが、わたしの中で引っかかっている。結婚して専業主婦になるのは、運転士になれた後でも遅くない。でも、そんなことを言っている間に人生が終わってしまうこともある。

「そんなにマジメに考えなくていいんじゃないか？　東川はかわいすぎる駅員になりたいとか言うわりに、マジメだからな」

「そんなことないですよ」

「そんなことない時もあるけど」

「そう言われるとちょっとイラッとしますね」

「どっちだよ?」

「どっちでもいいです」

「駅員の仕事は気を抜けばお客さまの命に関わることもある。電車が遅れた時の損失は大きい。会社もだけど、それ以上にお客さまに損失を負わせる。だから、一昨日みたいなことは落ちこむ必要があるし、仕事はマジメにやらないといけない。それは東川はできている。駅員やりたくないんですって言って適当にやっていたら、辞めろって言うけれど、そんなことはない」

「はい」

　わたしを育てている間も、父は仕事に対して手を抜くことはなかった。もう少し適当にやればいいと、伯母に言われていた。そんな父の背中を見てきたから、学生の時のアルバイトだって、手を抜くことは考えられなかった。仕事に対するマジメさには、自信がある。危険なことはやりたくないと思ってしまうが、無理をすることとマジメに働くことは違う。

「マジメに働いて、彼氏ともマジメに付き合っていたら、そのうちに自然と答えが出るよ」

「そのうちじゃ、遅いんですよ」

「じゃあ、会社辞められるか?」

「それは、ちょっと」

「お前、贅沢《ぜいたく》だな」

「えっ?」

「就職したかった会社に就職できて、結婚したい彼氏がいるって。どっちも手に入らないで悩んでいる人が世の中にはたくさんいるんだぞ」

「それは、分かってますけど」

「駅員の仕事だって、運転士に比べたらやりたくないっていうだけで、嫌ではないんだろ?」

「はい」

「まあ、そういう東川のマジメさや彼氏に対する愛情の全てを親父さんが作ってくれたから、悩むんだろうな」

「そうです」

一番に引っかかっているのは、父と離れてしまうことだ。父は母が亡くなった後、恋人を作らなかった。この先も再婚は考えていないだろう。わたしがいなくなったら、一人になってしまう。一緒に暮らせなくても、父が喜ぶ姿を見たい。

「東川が運転士にならなくても、結婚して子供を産んだら、それで喜んでくれるんじゃないか？　俺は娘が嫁に行く日のことを考えただけで、泣けるけどな」

「そうですかねえ」

　矢部さんには、四月に小学生になった娘さんがいる。うちが抱えている問題は、矢部さんの娘さんに対する妄想とはわけが違うと思うが、同じなのだろうか。悩んでいないで、とりあえず結婚すればいいのかもしれない。この先何があっても、片倉君と結婚しないという選択肢は考えられない。現実として動き出せば、何かが変わる。

「最近の若い奴はすぐに悩むからなあ」

「そういう括《くく》り方されるのは、ちょっと」

「俺も二十五歳くらいの頃は迷っていたけど。俺だって、電車が好きで運転士になりたくて、就職したんだからな」

「そうなんですか？」

「でも、働いているうちに駅員で接客やっている方が楽しいって思えてきた」

「はい」

「頭で考えなくても、そのうちに決められる時はくる。別に完璧じゃなくていいんだぞ」

「はい」

「うっかり子供ができちゃうことだってありそうだからな」

「セクハラですか？」

「だから、興味ないって言ってんだろ」

「ホームを見てきます」立ち上がり、椅子を元に戻す。

「いってらっしゃい」

駅員室から出て階段を上がり、ホームに出る。

ゴミが落ちていないか点検しながら、ホームを歩く。

定刻通りに電車が入ってくる。

電車を見ていると、気持ちが軽くなっていくのを感じる。

矢部さんが言うように贅沢な悩みなんだ。わたしはやっぱり電車が好きだ。向いていない、駅員になりたいわけじゃなかったと思っても、辞めたくない。父に運転士になった姿を見せたいというだけではない理由がわたしの中にある。

だからこそ、迷う。

こんな中途半端な気持ちでつづけてはいけないという気持ちは、どうしても消えない。

「あの、すいません」後ろから声をかけられる。

「はい」

振り返ったら、神田君が立っていた。

「一昨日の駅員さんですよね？」

「はい」

「良かった。お礼を言いたくて」

「いえ、わたしは何もできませんでしたから」

「そんなことないです」

「そんなことあるんです」

「そうなんですか？」

「はい」

「でも、ありがとうございます」

神田君の顔色は、一昨日よりも良くなっていた。

二年以上引きこもっていたならば、これからの彼の人生は大変だろう。一昨日のわたしは、駅員としてやるべきことが何もできなかった。それでも、お礼を言いにいこうと思える何かを神田君の中に残せたのかもしれない。

感謝されたいなんて思っていないが、こうやって誰かの気持ちに触れられることは嬉しい。

駅員室に戻ると、窓口に立っていた菊名さんが電話に出ていた。代わりにわたしが窓口に立つ。

お昼を過ぎたところだから、駅の利用者は大学生くらいの人や主婦が多い。近くにある高校の生徒も多くいた。中間テスト中なのだろう。営業で来ているのか、スーツ姿の男の人もいる。

「こんにちは」近くに住むおばあちゃんは、改札を通る時にいつもあいさつをしてくれる。

「こんにちは。いってらっしゃい」

エレベーターの方へ行く後ろ姿を見送る。私立の小学校の制服を着た子供達がエレベーターの前で遊んでいたが、おばあちゃんが来たのを見てよける。おばあちゃんは子供達に「ありがとう」と、お礼を言う。子供達は照れている顔をして、下を向く。

電車が来て、たくさんの人が降りてくる。

駅にいる人達、全員が何をやっている人なのか、わたしには想像もできない。それぞれがそれぞれの生活や悩みを抱えている。何も迷わずに生きている人は、きっといない。誰もがこれでいいのか、これじゃ駄目なのかもしれないと思いながら、前に進もうとしている。

「東川さん、車椅子のお客さまの案内をお願いできますか？」電話を切った菊名さんが言う。

「いいですよ」

「女性のお客さまなので」

うちの駅にはエレベーターがあるから、車椅子のお客さまの案内に体力はそんなに必要ない。女性のお客さまの場合は、男性駅員より女性駅員にお願いしたいと言う方もいるので、わたしが行くようにしている。

「何分の電車ですか？」

「二十八分着です」

「分かりました」

あと十分くらいある。

「今日は、お客さまを線路に落とさないようにしてくださいね」

「菊名さん、それは冗談になりませんよ」

「そうですね」

「準備しちゃいますね」

「はい。お願いします」

菊名さんに窓口に立ってもらう。

電車とホームを繋ぐ板は、駅員室の入口の横に立てかけてある。しかし、ない。

「矢部さん、板がありません」

「なんの板?」

「車椅子用のです」

「ないわけ、ないだろ?」

「ありません」

どこか違う場所にあるのかと思って探してみるが、ない。休憩室の方まで見てみるけれど、ない。

「お前、一昨日、どこに置いたんだよ?」

「わたし、使っていませんよ」

「使ってただろ?」

「いや、ホームに持っていきましたけど、使っていません。お客さまの案内は矢部さんか菊名さんがやってくれたんじゃないんですか？」

「オレも菊名もやってないぞ」

「えっ？　じゃあ、車掌さんがやってくれたんですかね？」

　わたしが駅に戻ってきた時に、電車は動いていた。ホームに確認に行ったが、車椅子のお客さまはいなかった。誰が対応をしてくれたのか後で確認しようと思って、すっかり忘れていた。

「ホームに置いたままじゃないだろうな？」

「それは、ないですよ。さっき、見にいった時にありませんでしたもん」

「誰かに持っていかれたんじゃないですか？」仕切りの向こうからのぞきこむように、菊名さんが顔を出す。

「えっ？」

「誰が持っていくんだよ？」矢部さんが言う。

「鉄道オタクみたいな人が」

「鉄道オタクをバカにしてんのか？」

「そうですよ。泥棒なんてしませんよ」わたしが言う。

「すいません」菊名さんは窓口に戻る。

「失礼なこと言う人ですね。電車に対する愛情っていうものを分かってないんじゃないですか」

「お前は、偉そうにしてんなよっ！」

「すいません」

「一応、ホームを確認してこい」

「はい」

駅員室を出て、ホームに行く。

板はどこにもない。売店のおばちゃんが保管していたりしないかと思って聞いてみたが、「板？」と言って首を傾《かし》げられた。無意識にどこかに立てかけてそのままなのかもしれないと考えてみたけれど、どこにもない。

もうすぐ電車が来る。

板がなかったら、わたし一人では車椅子のお客さまを電車から降ろせない。矢部さんと菊名さんにお願いするしかない。駅員室に戻る。

「ありませんでした」矢部さんに言う。

「お前、辞めちゃえよ！」

「嫌です。絶対に嫌！」

矢部さんは笑い、窓口に立っている菊名さんも笑う。

「板、ありましたよ」菊名さんが言う。「窓口の足下に置いてありました」

「良かった」

板を菊名さんから受け取る。

「お客様のご案内に行ってきます」矢部さんと菊名さんに言い、駅員室を出る。

「お願いします」

階段を上がって通路を通り、階段を下りてホームに出る。

白線の内側に立ち、お客様が乗った電車が入ってくるのを待つ。

解説

西田藍
（アイドル・書評家）

とある私鉄のとある駅。ある朝、あるトラブルで、電車が止まってしまった。本書は、そこに居合わせた若者たちを記した、連作短編集だ。

日常を過ごしていると、ある日、なにか劇的なことが起こって人生が変わることを願ってしまう。そんなことは早々ないと分かっていても。

いまの「日常」に属さない出来事も、いずれ日常に回収されていく。ある日の積み重ねが日常を作り、人生を作っていく。切り取れば物語のような一瞬なんて、たぶん誰だって探せばあるもので、でも、本人は、そんな一瞬を物語のように味わうことはできない。本作の主人公たちの「その日」も、少し経てばきっと日常に回収されてしまうだろう。

私が以前書評した、『みんなの秘密』（2015　新潮社）では、スクールカーストという言葉では言い表せない、中学生たちの秘密の応酬に戦慄した。大きな事件が起こるわけでもない。普通の郊外の街で暮らす、普通の中学生たちに起こる出来事でしかない。主人公は「普通女子」を自認する中学2年生だった。私は以前、彼女についての、「愛情を受け育った、自己肯定感がある子どもの、純粋さゆえの残酷」と書いた。自分を通してしか他者を見ることはできない。価値判断はできない。つい、自分にとってわかりやすいカタルシスを求めてしまう。

本作を、爽やかな青春連作短編集だとまとめることは易しい。少なくとも私が戦慄した『みんなの秘密』よりは、爽やかな青春を描いている。仕事に悩んだり、恋愛に悩んだり、電車が止まったことでなにかが変わった、とある若者の日々……

しかし、作者は、他の作品と同じく、その若者の日々を、「ちょっといい話」では終わらせないのだ。

もう自分の人生の方向性は、ほぼ確定してしまっている。30年後は想像できないけど、10年後はなんとなくイメージできる。確かに、まだ若い。若いと言われる年齢だけれど、人生の方向性はあらかた決まってしまっていて、たぶん、このまま変わることはない。そもそも、大きく変えようとも思っていない。でも、もっとうまくいって然るべきでないか？　という思いは消えない。そんな若者たち。

最初に登場する、駅の前にいた大学生なんか、まさにそうだろう。

ハンサムで、彼女がいて、明るい友人がいて。どちらかというと「リア充」側の彼の、ど真ん中のはずの青春は、明るく輝いてはいない。いや、明るく輝くのみの青春というものは、現実には存在しないのだろう。彼は、彼女はいるものの愛しておらず、美しい同級生に恋をしている。恋敵として登場するのは、あまりにえぐい大人の男。権力勾配を利用し、女を使い捨てにする、歪んだモラハラ型の人間である。対峙《たいじ》する相手としてはあまりに強敵だ。

青春にありがちな、苦い恋愛を美しく描かない。そもそも、他人の恋愛なんて、低画質で遠くからみるくらいでちょうどよいものだ。あまり見なくていいところまで、作者は画素数高めに書き込むが、決して露悪的ではない。一人称視点の彼らは、我々にいい顔をしていない、ただ、それだけなのである。

惚《ほ》れた女、かわいい（と思える）女がなにをしても許せる。かわいくない女は許せないが、殴るわけにもいかないので、堪えるしかない。表に出さなければ、優男《やさおとこ》に見える。彼は男であることを利用され、女であることを利用する女を、利用している。彼の大学に入ってからの恋愛への失望が、女嫌い的思考から見て取れる。人間扱いしてこない奴らを、人間扱いできようか。

電車の中にいたOLの造形も巧みだ。短大卒、入社三年目。早く寿退社をしたいと願う彼女は、いわゆる「自立した女性像」とは程遠い女性だ。この仕事は腰掛け。若くて可愛いことに自分の価値を見出している。たしかにそれは価値なのだが、うまくコントロールするのは至難の業である。彼女は、心の底から自分にはそれしかないと信じているようだった。

先述の駅の前にいた大学生が馬鹿にしそうな、「女らしい」役割を滑稽なほどに引き受けようとする彼女は、案の定、うまくいっているとはいえない。彼女は、「女らしさ」を自在に操れるほど大人でもなく、恋愛に醒《さ》めてもいなかった。職場でもケア役割に真摯《しんし》な彼女は、妻として主婦として、愛を持って誰かのケア役割に没頭したいだけだったのだ。そんな危なっかしい彼女をさりげなくアシストするのは、偶然出会った王子様ではなく、年上の同性である。

大学生とOLは、その肩書「らしい」人だ。能動的に見えて受動的。彼らの物語に挟まる、フリーターとデザイナーは、まさにその逆。「らしさ」を追っていない二人だと思う。

さて、運転見合わせのまさに当事者であった最後の二人は、引きこもりと駅員だ。線路の上にいた青年は、引きこもりだった。高校でいじめにあって不登校になって、そのままずるずる2年間引きこもる。よくあるパターンだ。よくあるパターンだと、思えるのは他人だからこそ。本人にとっては、他人と比べることのできない挫折である。

人は、落ちるときはどこまでも落ちていってしまう。セーフティネットが上手《うま》く働かない可能性は、実は、誰にでもある。網目をすり抜けて底に落ちてしまった青年は、絶望の底にいた。なにも見えない。見ることができない。

ごく普通の家庭で、有名私立高校に通う少年。いくらでも、普通のレールに乗り直すチャンスはあった。転校するなり、予備校やら高認試験やらで、大学受験でリスタートを切るなり。健康な心と身体なら、簡単に思いつくことだ。しかし、彼は底にいた。

彼には、友人や彼女がいた。そう、それなりに人間関係を築いていたにも関わらず、いや、だからこそ、彼は現実を認識することを拒否した。頭の中で状況を整理するその前に、心身が拒否反応を起こしてしまったのだ。だからこそ、引きこもりになった。

活動を停止した。私自身、似たような経験がある。

しかし、緊急避難であった引きこもりの、その行為自体が自らを更に病ませていくことになる。次のステップに進むこともできたはずだが、彼と彼の家族は、引きこもり状態という均衡を作り上げてしまったのだ。


彼を救ったひとりが、線路の上の駅員である。駅員は、「かわいすぎる駅員」になりたいと夢見る25歳。夢と言っても、彼女の夢は、地に足の着いたものだ。しかし、早逝《そうせい》した母の年齢より先の人生は、思いつかない。まだ25歳。もう、25歳。同年代の私もそうだが、ライフプランニングをしっかり、と言われてきた世代ではある。つまり適切に計画を立て、人生の選択をしなければいけないということで、それなりの重荷だ。

線路の上で繰り広げられる、引きこもりと駅員のドタバタ劇は、傍《はた》から見ればコメディだ。しかし、一時間半も、「運転見合わせ中」になってしまった。

電車は、街の動脈である。街の営み、社会の営みを一時停止させてしまったのだ。その影響を、彼女は知ることができない。

その後、引きこもり、いや、元引きこもりは、駅員に感謝を述べにやってきた。彼女は、自分が与えた、よい方向の影響を知ることができた。

劇的な変化が起こるわけではない。

引きこもりだって、すぐさま社会復帰とはいかないだろう。大学生はすんなり好きな女と付き合えるかはわからない、フリーターの部屋はまた散らかるかもしれない、デザイナーが過去をさくっと断ち切れるかは怪しいし、ＯＬはまた同じ失敗を繰り返してしまうかもしれない。駅員は、引きこもりからの言葉を心の奥にしまい忘れたまま、夢に苦しむときがくるかもしれない。

そんなものだ。

わかりやすいハッピーエンディングなんて、用意されていない。人間臭い、たぶん良い香りではないその臭い。車窓から、知らない街の窓の灯りを見たときに感じるような。そんな温かさの交じるものであるだろう。

彼らとは、たぶん仲の良い友人にはなれない。でも、愛おしくなる。美しくない人生が、愛おしくなる。

二〇一四年八月　実業之日本社刊

実業之日本社文庫 は81

運転《うんてん》、見合《みあ》わせ中《ちゅう》

2017年4月15日　初版第1刷発行

著　者　畑野智美《はたのともみ》

発行者　岩野裕一
発行所　株式会社実業之日本社
〒153-0044　東京都目黒区大橋 1-5-1
クロスエアタワー8階
電話 [編集]03(6809)0473 [販売]03(6809)0495
ホームページ　http://www.j-n.co.jp/
DTP　株式会社ラッシュ
印刷所　大日本印刷株式会社
製本所　大日本印刷株式会社

フォーマットデザイン　鈴木正道(Suzuki Design)

ISBN978-4-408-55355-9（第二文芸）